20cm 선인장

20cm 선인장

1판 1쇄 찍음 2015년 1월 23일
1판 1쇄 펴냄 2015년 2월 4일

지은이 | 밀밭
펴낸이 | 고운숙
펴낸곳 | 봄 미디어

기획·편집 | 손수화, 정수경

출판등록 | 2014년 08월 25일 (제387-2014-000040호)
주소 | 경기도 부천시 원미구 소향로17, 304(두성프라자) (우)420-864
영업부 | 070-5015-0818 편집부 | 070-5015-0817 팩스 | 032-712-2815
E-mail | bommedia@naver.com
소식창 | http://blog.naver.com/bommedia

값 7,000원

ISBN 979-11-86093-88-7 03810

밀밭
중편 소설

20cm 선인장

Contents

프롤로그

폰이 진동했다. 남자는 메시지를 확인한 뒤 짧은 답장을 보내고 손에 든 파일로 시선을 옮겼다. 지난밤에도, 지지난밤에도 몇 번이고 확인한 서류다.

그는 자신의 일에 대단히 진지했고 작은 실수 하나 나오지 않도록 치밀하게 행동했다.

바삐 움직이던 그가 문득 걸음을 멈췄다.

파란 캐노피 지붕의 꽃집이 눈에 들어왔다. 이쪽 길은 지하철역으로 가긴 가되 좀 둘러 가는 길이다. 이 동네에서 한두 해 산 것도 아니고 실수로라도 둘러 가는 길을 택할 리 없다.

스스로가 원한 게 아닌 이상 말이다.

남자는 그제야 자신이 꽃집 안에 있을 사람에게 신경 쓰고 있다는 걸 깨달았다. 신경 쓴다 뿐인가. 힘들었던 지난 몇 주 동안 가장 많이 떠오른 사람이 '그 직원'이었다.

이름도 모르고 아직 저곳에서 일하는지조차 불확실하다. 당장 다음 날이라도 그만두곤 하는 아르바이트생이 많으니까.

그래도 한 번은 들러 볼까.

남자는 괜히 목이 메었다. 기침을 하며 목을 가다듬었지만 아직 떨어지지 않은 감기 기운 때문에 목소리가 형편없었다. 안 그래도 저음인데 지금은 완전히 동굴 안에서 울리는 소리 같다.

잠시 고민하던 그는 주머니에 쑤셔 넣었던 마스크를 꺼내 썼다.

너, 겁먹은 거야?

남자의 안에서 또 다른 그가 비웃었다. 인정하고 싶진 않지만 비슷한 생각 중이었다.

이건 마치…… 상대에게 마음을 들킬까 전전긍긍하는 남자애나 다름없지 않은가. 그런 건 일곱 살 때 졸업한 줄 알았는데.

차라랑, 유리문을 열자 풍경 소리가 그를 맞았다. 그리고 이어지는 인사말.

"어서 오세요."

그녀였다. 지붕과 똑같은 파란색 앞치마를 두른 그녀가 환히 웃으며 다가왔다. 하얀 얼굴에 폭 패는 보조개가 귀여운 인상이었다.

"어떤 걸 찾으시나요, 손님?"

저도 모르게 시선을 피하는데 기침이 터져 나왔다. 처음엔 잔기침인 줄 알았으나 하다 보니 기관지가 자극되었는지 결국 가슴이 울리도록 큰 기침을 하고 말았다.

다행히 시간이 지나 기침은 가라앉았지만 그는 이미 몸을 돌려 가게를 나가고픈 심정이었다. 잠깐 눈길을 돌리고 있던 그녀가 무척 걱정스러운 눈으로 말했다.

"요즘 부쩍 감기 환자가 늘어난 것 같아요. 저도 며칠 전에야 코맹맹이 소리를 면했어요."

그러면서 로즈마리니 페퍼민트 따위의 허브를 권했다. 말려서 차로 우려도 좋고 생잎 그대로 써도 향긋함을 즐길 수 있다며 한동안 재잘재잘 설명했다.

얼마 전에야 감기가 떨어졌다는 말은 거짓일 것이다. 무안해하는 남자를 위로하려고 꺼낸 말이 분명했다.

여자의 목소리는 맑고 또렷해서 문을 열고 들어올 때 울린 풍경 소리 같았다. 듣기가 좋았다.

그래서 그는 여자가 조금 의아함을 느낄 때까지 가만히

11

듣고만 있다가 자신이 곧 비즈니스 미팅에 참석해야 한다는 사실을 깨달았다. 새 파트너를 만나는 자리에 허브 모종을 들고 가는 건 너무 뜬금없어 보인다.

그렇다고 열심히 설명해 준 여자를 두고 빈손으로 나가긴 싫었다. 어쨌든 그는 여자에게 '빚진' 입장이므로 가게 매상에 약간이나마 보탬이 되어야 할 것 같았다.

남자는 어정쩡한 손가락으로 장미 쪽을 가리켰다. 여자의 얼굴이 다른 의미로 밝아지더니 대번에 색깔을 물어 왔다.

자신은 수줍은 핑크빛 장미를 가리킨 모양이다. 여자가 작업대로 가져가 포장하고 있는 모습을 보고 있자니 그제야 자신이 고른 색깔이 눈에 들어왔다. 대낮에 핑크빛 장미 스무 송이라니.

아무리 얼떨결에 골랐다 해도 이건 좀 심하다. 모종을 들고 가는 것보다 훨씬 이상하게 되었으니 지하철역 가는 길에 적당히 버리기로 마음먹었다.

"여자 친구분께 드릴 건가 봐요. 점심시간에 잠깐 나오신 건가요?"

이 주변엔 여자에게 꽃다발 선물을 하기 위해 점심시간을 쪼개는 멍청이들이 제법 많은가 보다. 남자는 딱히 대답하지 않고 지갑을 꺼냈다.

"로맨틱해요."

달콤하기까지 한 목소리에 지갑을 열던 손이 멈췄다.

"솔직히 부끄러워하는 남자분들이 많으시잖아요. 특별한 시즌도 아닌데 남자가 꽃다발을 들고 다니면 아무래도 주위 시선이 모여들고. 저도 이해는 돼요."

그래서 더 로맨틱한 것 같다고 덧붙였다.

여자가 장식을 마친 꽃다발을 넘겨주었다. 요란하게 망사를 두른 시중의 것과 별반 다를 바 없었으면 그녀에 대한 고마움과는 별개로 버리려 했는데 연갈색 영자 신문 포장이 깔끔했다.

이러면 마음이 좀 약해진다.

"행복한 하루 보내세요."

계산이 끝나자 그녀가 고개를 살짝 숙이며 미소 지었다. 지난번엔 보지 못한 미소가 참 따뜻하고 부드러웠다. 더 오래 머물고 싶은 마음을 애써 접으며 돌아서던 그는 여자가 자신을 기억하지 못한다는 것을 떠올렸다.

오늘은 그때와 달리 검은 슈트에 회색 반코트 차림이다. 여자가 그를 점심시간에 나온 직장인으로 오해한 것도 당연했다.

"……여자 친구 없습니다."

충동적인 대꾸였다.

"점심시간에 잠깐 나온 것도 아니고."

두 사람의 시선이 마주쳤다. 어찌 들으면 시비 거는 것 같기도 한 그의 말에 여자가 당황한 듯 입을 다물고 있더니 이내 생긋 웃어 보였다.

"네, 그렇다고 좋은 하루를 보내지 말란 법은 없잖아요?"

남자는 꽃다발을 든 채 문을 나섰다. 걷다 보니 어느 순간 답답해져 마스크를 벗었다. 185cm에 눈에 띌 만큼 수려한 외모의 그가 장미 꽃다발을 들고 걷는 모습은 모두의 시선을 잡아끌었다.

평소라면 힐끔거리는 시선이 신경 쓰였겠지만 오늘은 아니다. 그는 회사 건물에 다다르기 직전까지 그녀의 말을 되뇌느라 조금 제정신이 아니었다.

그녀의 말, 목소리, 눈빛, 향기, 밤갈색 머리카락, 가지런한 치아, 그리고 미소.

그 미소를 마주한 순간 남자는 오랫동안 막혔던 숨길이 틕는 것만 같았다.

"작가님, 반갑습니다! 지난주보다 훨씬 좋아 보이시네요. 한데 이 꽃다발은……."

"제 겁니다."

남자는 행여 상대가 뺏어 가기라도 할까 차갑게 잘라 말했다. 그리고 속으로 다시 한 번 말해 보았다. 이건 내 거라고.

내 것이라는 표현이 마음에 들었다. 그리고 그는 누군가의 상냥하던 미소까지 제 것이면 좋겠다고 생각했다. 그건 정말 너무도 오랜만에 느껴 보는 감정이었다.

누군가가 이토록 갖고 싶은 적은 처음이었다.

chapter
1

수상한 손님과
인질극

2am cactus

오늘은 무슨 일이 있어도 말해야겠어.

지우는 반짝반짝 윤이 나는 통유리창을 내다보며 결심했다. 아무리 생각해도 이게 맞는 것 같았다. 그 사람이 오면, 화분을 계산대로 가져오길 기다렸다가 조용히 말을 건네는 거다.

지금 제 식물들 가지고 뭘 하시는 건가요?

"아니야, 그건 너무 공격적이잖아."

혼잣말을 중얼거리며 고개를 내저었다. 겉모습만으로 사람을 판단해선 안 된다고 하지만 조심해서 나쁠 건 없으니까. 이름도, 사는 곳도 모르는 그 손님은 첫눈에 '건드리면 죽는다' 는 분위기를 풍겼다.

"좀 더 나긋나긋하게, 심기를 거스르지 않게."

아르바이트생 아영이 이상한 눈으로 지우를 쳐다보았다. 아침부터 사장 언니의 태도가 영 수상하더니 이제는 혼잣말까지 하는구나, 싶을 거다.

보는 사람 눈이 다 상쾌해지는 파란 캐노피 지붕의 꽃집 'Song', 그곳의 주인인 송지우가 이러는 데엔 그럴 만한 이유가 있었다.

사건의 발단은 한 달하고도 보름 전으로 거슬러 올라간다. 차라랑, 하는 맑은 풍경 소리가 들리자 지우는 하던 일에서 눈을 떼지 않은 채 상냥한 인사말을 건넸다.

다른 가게는 어떨지 모르지만 지우는 손님들에게 몇 초간 여유를 주곤 했다.

가게에 들어서자마자 득달같이 달려가지 않는다, 한숨 돌릴 여유를 드리고 편안하게 다가간다.

별것 아닌 것 같아도 지우가 꼭 지켜 온 신조였다. 제 가게가 손님들에게 편안한 장소가 되었으면 하고 바랐다.

그날이라고 예외는 없었다. 노트북으로 장부를 맞춰 보던 지우는 저장 버튼을 클릭하고 자리에서 일어났다.

"안녕하세요. 특별히 찾으시는 게⋯⋯."

있나요, 하는 뒷말은 목구멍 안으로 쏙 들어갔다. 꽃집을 오픈한 지 1년째. 그간 다양한 손님을 대했지만 이런 사람은 처음이었다.

올 블랙(All Black).

남자는 머리부터 발끝까지 검은색이었다.

나름 평균에 가깝다 자부해 온 지우를 유치원생처럼 느끼게 만드는 키에 흐트러진 머리카락, 창백한 안색, 그늘진 눈가. 그리고 무엇보다 아직 쌀쌀한 2월 말, 다소 얇아 보이는 검은색 야상이 눈길을 끌었다.

블랙진에 약간 낡은 듯한 검은색 워커까지 더하면 함부로 다가가기 힘든 분위기 완성이다. 아영은 커다래진 눈으로 연신 입 모양으로만 말했다.

헐, 대박. 언니, 저 손님 완전 섹시해요. 미친 색기!

마지막 단어는 발음에 다소 유의할 필요가 있었다.

그래, 지우도 멀쩡하게 눈이 달려 있으니까 손님이 잘생겼다는 것쯤은 파악했다.

문제는 온몸에서 '나 건드리지 말라'는 오라가 뿜어져 나온다는 거다. 괜히 잘못 건드렸다간 한 대 맞을 것 같아.

지우는 손님을 향해 쭈뼛쭈뼛 다가갔다.

"저, 꽃이 필요하시다면 저쪽에 있구요. 지금 보고 계신 쪽은 다육식물이에요. 햇볕과 통풍만 챙겨 주면 비교적 쉽게 키울 수 있어서……."

인기가 많습니다, 라고 하려 했다. 하지만 남자는 지우에게 말을 끝맺을 여유도 주지 않고 선인장 화분을 하나 들더니 계산대로 걸어갔다.

와, 나 방금 무시당했어.

평소 겪기 힘든 일에 지우의 표정이 멍해졌다.

반면 잽싸게 계산대로 달려간 아영은 눈을 빛내며 화분을 봉투에 담았다.

꽃집 아르바이트 4개월차. 언제쯤 분갈이해 주는 게 좋고, 물은 선인장 아래가 쪼글쪼글해질 때쯤 주는 게 적당하다, 같은 설명이 술술 나왔다.

참 다행이었다. 지우 대신 접객할 사람이 가게에 한 명 더 있다는 게. 왜냐하면 지우는 손님이 나갈 때까지 입도 벙긋하지 못했으니까.

"헐, 대박, 대박. 언니 완전 재수!"

스물두 살 아영이 또래 친구들과 쓰는 단어를 한껏 시전하며 지우에게 다다다 달려왔다. 두 볼이 흥분으로 상기되어 있었다.

"이 동네에 저런 사람도 살았어요? 옷차림 보면 인근 주민인 것 같은데. 우씨, 왜 난 여태 한 번도 못 봤지?"

지우도 저런 손님은 처음이었다. 그러니까 저렇게 지우를 대놓고 무시하는 사람 말이다. 저건 단순히 내성적이라 별

반응을 보이지 않는 것과는 전혀 달랐다.

아니, 저렇게 '보란 듯이' 무시하는 사람도 있어?

그게 시작이었다. 좀처럼 말 붙이기 어려운 남자 손님은 이후로 일주일에 세 번씩 꽃집을 들러 그때마다 화분을 사 갔다.

식물을 선택하는 기준도 대중없었다. 초기엔 조그만 다육 식물들을 꾸준히 사 가기에 그런 유를 추천했더니 다음번엔 뜬금없이 허브 모종을 택했다.

로즈마리, 애플민트, 레몬밤, 카모마일 등 'Song'에서 파는 모든 허브를 차례로 격파한 남자는 갑자기 레벨을 훌쩍 올려 지우의 가슴까지 오는 치자나무 화분을 구입하기도 했다.

도대체 남자의 정체가 뭘까? 이에 대해 심각하게 생각하는 사람은 지우 하나뿐인 것 같았다.

아영은 그저 잘생긴 손님을 자주 볼 수 있어서 좋아했고, 남동생에게도 물어봤지만 '식물성애자?' 같은 대답이나 들었을 뿐이다.

무슨 일을 하기에 그렇게 많은 식물들이 필요한 걸까? 차라리 화원 같은 데서 대량 주문하는 게 더 저렴할 텐데.

그렇게 찜찜한 기분이 쌓이고 쌓여 결국 오늘에 이르렀다. 곧 오후 2시가 된다. 언제나 '여기', 한마디밖에 하지 않는 의문의 남자 손님은 시간 하나는 칼같이 지켰다.

"허브는 잘 자라고 있냐고 물어보는 게 좋겠어."

바로 다음 순간, 맑은 풍경 소리와 함께 유리문이 열렸다.

"어서 오세요."

점심용 샌드위치를 사러 나가던 아영이 몹시 아쉬운 눈을 하며 남자와 스쳐 지나갔다. 이로써 아군을 잃었다.

샌드위치를 파는 카페는 걸어서 10분 거리. 즉석에서 만드는 시간까지 합치면 아영이 돌아오기 전에 모든 일이 끝난다.

남자는 오늘도 아무 말 없이 가게 안을 슥 훑다가 구석에 곱게 자리한 난초 화분으로 성큼성큼 걸어갔다.

으아악, 이번엔 난초인가요? 지우는 억지로 입꼬리를 올린 채 남자가 계산대 쪽으로 오길 기다렸다.

"여기."

남자가 계산대 위에 내려놓은 것은 연자줏빛 꽃을 피운 카틀레야였다. 난의 여왕이라 불리는 카틀레야는 빛깔과 모양이 다양해 많은 사랑을 받는 양란이다.

향기 또한 은은해서 지우가 '연홍 아가씨'라고 따로 이름 지어 줄 만큼 그녀의 사랑을 받고 있었다.

"이만 오천 원입니다."

남자가 무신경하게 카드를 내밀었다. 단말기에 카드를 긁고 서명을 부탁하면서 지우는 카틀레야에게 눈길을 주었다.

무서워요, 언니. 이 사람 따라가기 싫어요.

훌쩍이며 우는 카틀레야의 목소리가 들려오는 것만 같았다. 지우의 입안이 바싹바싹 말랐다. 이건 마치 어린 여동생을 음흉한 늙은이에게 시집보내는 기분이다.

아, 미치겠어. 너무너무 신경에 거슬려. 이 남자는 얘 이름이 뭔지나 알고 데려가는 걸까?

지우는 손잡이가 달린 비닐 가방에 카틀레야를 조심히 담으면서 당부하는 심정으로 설명했다.

"난의 여왕이라 불리는 카틀레야입니다. 건조에 강한 난초라 한 달간 물을 주지 않아도 살 수 있어요, 물을 너무 많이 주면 뿌리가 썩어 죽을 수도 있으니 매일 소량씩 분무해 주시면 됩니다. 또 햇빛을 좋아하지만 직사광선은 피해 주시구요."

설명을 귓등으로도 안 듣고 있는 게 빤히 보였다. 돌려받은 카드를 가죽 지갑에 넣고 아무 말 없이 가방까지 건네받았다. 이제 남은 건 바람처럼 사라지는 것뿐이다.

아아, 송지우 선수. 링 위에 오르나요?

"저기."

다급한 마음에 지우가 먼저 말문을 열었다. 몸을 돌리려던 남자가 그대로 멈췄다. 날카로운 눈매가 지우를 향하자 '뭐야?' 하는 짜증이 고스란히 전해졌다. 그냥 영수증 얘기나 할까.

"저."

그런 지우가 용기를 내게 만든 건 가방에 담겨 팔려 가는 어린 아가씨, 아니, 카틀레야의 모습이었다. 기분 탓인지 벌써부터 꽃잎이 좀 시들해진 것 같다.

"허, 허브는 잘 자라고 있나요?"

좋아. 자연스러웠어. 말을 좀 더듬긴 했지만 생각보다 나쁘지 않았다. 엉뚱한 말이 아니라 미리 준비했던 문장이 나온 것에 지우는 소소한 만족감을 느꼈다.

"꾸준히 구입해 주셨는데 그간 한 번도 여쭤 보질 못했네요. 허브랑 다육식물들은 다 잘 지내는지, 혹시 키우시는 데 불편함은 없는지……."

지우의 말이 다 끝났는데도 남자는 별다른 반응을 보이지 않았다. 그저 여전히 차가운 눈으로 그녀를 바라보다가 지우의 답답함이 한계에 다다랐을 때쯤 돼서야 한마디 툭 내뱉었다.

"이 집 식물들, 하나같이 변변치 못해."

"네?"

지우가 얼떨결에 반문했다. 방금 뭔가 납득이 안 되는 소리를 들은 것 같은데.

"반은 죽었고 반은 죽어 가. 이 정도면 심각한 품질 불량 아닌가."

"잠깐만요, 손님. 벌써 절반이 죽었다고요?"

남자가 첫 선인장을 사 간 게 한 달 반이 됐다. 물 주기에 실패했다고 해도 절반이나 죽어 버릴 기간은 아닌데! 혹시 이 사람, 마이너스의 손인가?

지우의 머리가 핑핑 돌아갔다.

손대는 것마다 죽이고 망쳐 버리는 비운의 주인공들이 가끔 있긴 하다. 그렇지만, 아무리 그렇다 해도 절반은 너무했다. 그리고 그보다 더 심한 건 품질 불량이라며 이쪽에 뒤집어씌우는 남자의 태도였다.

품질 불량이라니, 화가 나서 견딜 수가 없다. 젊은 아가씨가 하는 꽃집이 얼마나 가겠느냐는 주위의 우려를 1년 만에 잠재운 데엔 불철주야 정성을 쏟아부은 지우의 노력이 있었다.

눈이 충혈될 정도로 열심히 공부했고, 좋은 모종을 얻기 위해서라면 지방까지 달려갔다. 처음엔 웬 물정 모르는 아가씨가 기웃거리나 했던 농장주들도 이젠 지우를 위해 실한 모종을 따로 챙겨 놓을 정도였다.

정말 열심히 했고 그만한 자부심이 있었다. 비록 가게는 크지 않아도 근교 화원 부럽잖게 튼튼히 관리한 아이들이었다.

내 꼬마들. 좋은 인연이 닿을 때까지 사랑으로 보듬어 줄게. 그때까지 우리 함께 잘 지내 보자. 매일 아침, 잎을 닦아 주고 물을 줄 때마다 지우는 다정하게 속삭였다.

그런데 남자는 자신의 노력을 깡그리 무시하는 말을 아무렇지 않게 내뱉었다. 설명도 듣는 둥 마는 둥 마구잡이로 사 가 놓고선, 그 예쁜 아이들을 다 죽여 버렸다.

"여기 망하지 않는 게 신기하네."

뭐라고, 이 살인마야?

지우는 머리끝까지 폭발하는 분노를 참기 위해 이를 악물어야 했다. 그 때문에 발음이 좀 불분명하게 나왔다.

"아마 관리법이 좀 까다로운 부분도 있을 거예요. 저희 가게는 A/S까지 책임지니까 화분을 가져오시면……."

"못 들었어, 아가씨? 죽어 가는 게 절반이라니까, 절반. 내가 사 간 화분이 몇 갠데 그걸 어떻게 다 들고 와?"

한 번 터진 입, 망발을 멈추지 않는구나.

지우는 그동안 하고 싶은 말을 용케 참으셨다고 깐죽거리고 싶은 걸 누르느라 애썼다. 이성을 되찾자, 송지우. 말썽 고객이 처음은 아니잖아.

"사실 이…… 카틀레야인지 뭔지도 좀 의심스럽군. 집에 가져가자마자 꽃이 떨어지는 건 아니겠지."

"손님이 억지로 따시지 않는 한 그럴 일은 없을 거예요."

두 쌍의 눈이 마주쳤다. 이제부턴 기 싸움이다. 하얗고 조 그만 지우와 올 블랙 남의 팽팽한 접전이 이뤄졌다. 한 치의 양보도 없는 싸움은 아영이 문을 열고 들어올 때까지 계속됐 다.

"어, 아직 안 가셨어요?"

아영이 당황한 목소리로 물었다. 지우는 거기에 답하는 대 신 벽시계를 힐끔 본 뒤 누군가 들으란 듯 말했다.

"아영아, 나 잠시 사후 관리 나갔다가 올게."

"사후 관리요?"

우리 가게에 그런 것도 있었냐는 말투다. 지우는 개의치 않 고 영양제며 모종삽, 비료, 장갑 등을 챙겼다. 의사에게 왕진 가방이, 기술자에게 공구함이 있다면 지우에겐 이것들이 외 출용 준비물이었다.

"우리 가게에서 사 간 식물이 벌써 절반이나 죽었다지 않니. 아주 철저하게! 책임과 도리를 다해 드려야지. 그게 'Song'의 신조니까."

지우가 고개를 홱 돌리며 남자에게 물었다.

"혹시 댁까지 거리가?"

"걸어서 15분."

"가깝네요. 대충 한 시간쯤 자리 비운다고 생각하고 있어."

"예에……."

아영이 전혀 수긍이 가지 않는 얼굴로 대꾸했다.

그 많은 식물을 벌써 절반이나 죽였다는 사실이 놀라운 건지, 아니면 지우가 직접 남자 집까지 간다는 것이 당황스러운 것인지. 둘 중 어느 쪽인지는 지우도 단정 지을 수가 없었다.

"앞장서시죠."

남자가 유리문을 열고 나갔다. 그는 바로 뒤에 지우가 따라 나오고 있다는 걸 분명히 알고 있으면서도 문을 잡아 주는 배려 같은 건 하지 않았다.

지우는 하마터면 이마를 박을 뻔했고 남자의 등을 잔뜩 째려보는 걸로 분풀이를 대신했지만 그건 시작에 불과했다.

앞장서랬다고 정말 몇 발치 앞에 서서 정면만 보고 갔다. 모퉁이에서 배달 오토바이가 제법 빠른 속도로 튀어나왔을 때 예의상 할 법한 '조심해' 같은 말은 꺼내지도 않았다.

솔직히 말해서 그는 지우를 공기 중에 떠다니는 먼지쯤으로 생각하는 것 같았다.

흙과 비료를 담은 가방 때문에 어깨가 뻐근해졌으나 지우는 앞에 걸어가는 남자가 괘씸해서라도 힘든 티를 내기 싫었다. 좀 천천히 가자는 말을 해 봤자 돌아오는 건 코웃음뿐일 텐데 누구 좋으라고 그럴까.

대신 지우는 이마에 살짝 배어 나온 땀을 손등으로 훔치고, 목에 두른 민트색 스카프를 끌러 한 손에 감았다.

돌아가면 어깨에 파스를 붙여야 할 듯하다. 무거운 물건을 옮기는 데엔 이골이 난 몸이지만 가게 바로 앞에 댄 자동차에서 꽃집 안까지 정도의 짧은 거리였지, 이렇게 흙더미를 지고 멀리 갈 일은 없었다.

그런데 저 남자는 어디까지 걸어갈 작정인 거야? 카틀레야 가방은 왜 저리도 부주의하게 들고 있는 거고?

"안 들어와?"

남자의 손에 들린 가여운 운명의 카틀레야를 쳐다본다고 잠깐 한눈을 판 사이, 출입문을 연 남자가 그녀를 재촉했다. 그제야 지우는 자신이 들어갈 아파트 입구를 확인했다. 그리고 멈칫했다.

근방에 소문난 고급 아파트였다. 아파트 내부는 물론이고 단지 안과 상가까지 고급스럽다는 바로 그곳이다. 부동산 아주머니께 얼핏 듣기로 전세금만 10억이라던가.

처음에 그 소릴 듣고 '내게 10억이 있는데 왜 하고 많은 것 중에 전세금으로나 써야 하지'라는 생각을 했었다.

한데 이 남자가 여기에 산다고?

얼떨떨하게 남자의 뒤를 따라 엘리베이터에 올랐다. 남자가 23층을 눌렀다. 건물 자체는 제법 큰데 호수는 두 개뿐이었다. 아마 가족용으로 나온 평수겠지.

그런 생각을 하던 지우는 어찌 보면 가장 중요한 질문을 빼먹었다는 걸 떠올렸다.

이 남자 혹시…… 혼자 사는 건가?

도착을 알리는 소리가 경쾌하게 울려 퍼졌다.

❖　　　❖　　　❖

뭐가 이렇게 어두워?

현관에 들어서자마자 떠오른 첫 느낌이었다.

50평 아파트 안은 전체적으로 어둑어둑해서 대낮인데도 조명이 필요할 정도였다. 하루의 절반을 환한 꽃집에서 보내는 지우는 대번에 숨이 턱 막혔다.

"화분은 베란다에."

남자가 턱짓으로 베란다를 가리키더니 바닥에 아무렇게나 카틀레야를 내려놓았다. 아야! 바닥에 무릎을 찧은 카틀레야의 울음소리가 들리는 것 같아 지우는 얼른 화분을 사수했다.

"그래도 베란다에 두셨다니 다행이네요."

베란다라면 최소한 습도나 채광 문제가 적으니까. 그런 생각을 하며 베란다 쪽으로 몸을 돌린 순간이었다. 지우는 비명을 지르지 않기 위해 혀를 깨물었다.

🌿

참혹했다.

창문을 완전히 가리는 암막 블라인드 때문에 햇볕 한 줌 들어오지 않는 베란다였다. 그곳에 이제껏 팔려 간 화분들이 마치 변방으로 쫓겨난 대역 죄인처럼 한곳에 부대껴 있었다.

"세상에⋯⋯."

살구색, 하얀색, 핑크색 등 다채로운 빛깔의 제라늄 스무 개가 한날한시에 목숨을 끊은 양 이파리가 누렇게 말라 있었다. 꽃이 시들시들한 건 말할 것도 없고 흙은 축축하게 젖은 상태.

과한 습기 때문이다.

부족한 일조량과 더불어 식물에게 최악의 조건으로 꼽히는 요소였다.

베란다 바닥에 튄 흙과 수도꼭지에 연결된 굵은 호스로 미루어 보아 남자가 매일같이 굵다란 물줄기를 휘둘렀다는 데 손목을 걸 수도 있었다.

너희를 보내지 않는 건데. 지우가 안타까운 손길로 꽃잎을 쓸었다. 남자가 꽃집에 들어와 제라늄 스무 개를 쓸어 가던 날이 생생하게 떠올랐다.

"아, 다육이⋯⋯."

최악은 다육식물, 그중에서도 선인장이었다. 올망졸망한 귀여움 때문에 지우가 가장 좋아하는 식물인데 햇볕이 너무 그리운 나머지 볼품없이 웃자랐다.

눈대중으로 어림잡아도 20cm는 되겠다. 방치된 기간에 비해 웃자란 속도가 지나치게 빨랐지만, 한편으로 어린 식물로선 얼마나 필사적이었을까 하는 생각이 들었다.

"다시 살리기 힘들 정돈가?"

생수병 입구에 입을 대고 물을 마시며 남자가 물었다. 그새 얇은 점퍼를 벗었는지 검은 브이넥 티셔츠 차림이다. 이 날씨에 반팔이었다니.

"하긴, 내가 봐도 걔넨 틀렸어."

"……이럴 거면 왜 사 간 건가요? 혹시 사디스트예요?"

시니컬한 남자의 태도에 울컥한 나머지 지우는 평소답지 않게 날을 세우고 따졌다.

웃으면 볼우물이 폭 패는, 말랑말랑한 지우를 두고 대학교 때 사귀었던 남자 친구는 '생크림 같다'는 명언을 남겼다.

그 말을 들은 동기들이 눈을 까뒤집으며 난리치자 '그럼 솜사탕'이라고 고쳐 말한 사건은 H대 CC 역사에 길이 전해지고 있다. 지금도 연락하는 한 동기가 덧붙인 말은 쏙 빼놓고 말이다.

하지만 풀떼기와 엮인 송지우는 한 마리 자칼로 변한다.

죽은 고기를 먹어치우는 자칼처럼 눈에 불을 켜고 다 죽어 가는 식물을 찾아낸다. 자칼과 다른 점은 그걸 먹는 게 아니라 다시 살려 낸다는 것이다.

관리하는 아저씨가 따로 있는데도 과방 앞의 화단을 손봐서 학기 말엔 무슨 아마존 열대우림처럼 만든 일화는 동기생 모두가 알고 있었다.

어쨌든 친구 말의 요점은 지우가 식물이라면 사족을 못 쓴다는 거였고, 그런 지우의 심기를 건드리면 국물도 없다는 거였다. 그런데 지금 이 남자가 송지우를 제대로 자극하고 있었다.

말이 예쁘게 나올 리가 없다.

"식물을 학대하면서 막, 막, 쾌감 같은 거라도 느끼는 거예요? 방치도 학대의 일종인 거 아시죠? 아니, 그렇지 않고서야 이 조그만 애들을……."

화가 나서 마구 떠들던 지우가 돌연 입을 다물었다. 거실 테이블에 생수병을 내려놓은 남자가 입가에 묘한 미소를 띠었다. 왠지 자신을 쳐다보는 눈길이 음산한 것 같다.

그제야 지금 자신이 처한 상황을 새삼 깨달은 지우였다. 체격으로나 완력으로나 월등한 남자, 그리고 둘밖에 없는 너른 집 안, 무슨 일이 일어나도 놀랍지 않을 것이다.

바보 같은 송지우, 하여간 화초라면 정신이 빠져서는.

지우가 그런 생각을 하며 눈치를 살피는데 눈이 마주친 남자가 느릿느릿 그녀와의 거리를 좁혀 왔다. 눈으로 그녀를 옭아맨 채 한 걸음, 한 걸음 다가왔다.

어쩐지 목이 졸리듯 숨이 가빠졌다. 피하면 되는데, 여차하면 작은 몸을 잽싸게 놀려 현관으로 달리면 되는데 지우는 손끝 하나 까딱할 수가 없었다.

1미터, 50센티, 30센티…… 결국 한 뼘.

한 뼘의 거리를 둔 남자와는 몸이 거의 밀착된 상태였다. 그가 다가오는 동안 서서히 얼굴이 달아오른 지우는 고개를 비껴 내린 채 온몸으로 압박당하는 이 상황을 외면하려 애썼다.

"학대니, 방치니, 쾌감이니. 단어 선택이 인상적인 아가씨네."

남자의 입을 통해 듣는 단어들은 낯설고 위험한 느낌이었다. 방금 전까지 지우가 입에 담았던 표현인데도 남자의 저음과 어울리자 전혀 다른 분위기를 자아냈다. 발밑에 고인 긴장감이 천천히 지우의 종아리를 타고 올랐다.

"그런데 좀 조심해야겠어."

남자가 거의 속삭이듯 말했다.

"상대가 진짜 사디스트면 어쩌려고."

하얗게 드러난 지우의 목덜미 아래로 맥이 파르르 떨렸다. 지우는 그가 뚫은 자국 하나 없는 자신의 귓불과 엷은 밤갈색 잔머리를 보고 있다는 걸 느낄 수 있었다.

따끔거리는 기분이 들 정도로 고정되어 있던 시선이 점차 아래로 향했다. 몸에 낙낙하게 감기는 맛이 좋아 즐겨 입는 오버사이즈 셔츠의 파인 목선이 오늘따라 원망스러웠다. 드러난 부분이 너무 많은 것 같았다.

어떻게 대꾸해야 하지? 이게 무슨 뜻일까? 설마 자신이 그, 사, 사디스트임을 고백한 건 아니겠지? 지우는 시간을 되돌리고 싶은 심정이었다.

왜 그걸 지금 고백하는 거냐구요. 나한테 뭘 바라, 이 변태야. 으아앙.

그러나 이어진 남자의 말은 다소 당혹스러웠다. 지우의 망상 속에서 떠도는 말, 그러니까 '입 다물고 옷 벗어'라거나 '다섯 대만 맞고 시작하지'와는 거리가 먼 이야기였다.

"얼마나 살릴 수 있겠어?"

"네?"

목소리가 우스꽝스럽게 뒤집어졌다.

"쟤들 중 몇 개나 건질 수 있겠냐고."

이제 한 뼘 거리에서 두 뼘 정도로 늘어났다. 이쯤만 돼도 호흡을 제대로 이어 갈 수 있었다. 게다가 본래 목적이었던 업무와 관련된 이야기에 지우의 정신도 차츰 돌아왔다.

"60퍼센트요."

지우의 눈이 힐끔 식물들을 스치고 지나갔다. 안타깝게도 다육선인장은 되살리기 글렀다.

"어쩌면 절반."

"어쩌면, 같은 건 없어. 여기 베란다에 있는 80개 중에 60퍼센트라 했으니 마흔여덟 개군. 보아하니 자부심이 대단한데 무슨 일이 있어도 마흔여덟 개는 살려야 할 거야."

뭐야, 그 말투는. 마흔여덟 개 못 살리면 죽이기라도 할 거야? 이렇게 되받아치고픈 마음이 굴뚝같았지만 차마 입 밖으로 내기가 두려운 지우였다. 이 남자의 눈빛이 백팔십도로 달라지는 걸 방금 전 똑똑히 보았기 때문에.

"일주일에 세 번은 와. 시간은 그쪽이 편한 대로. 인터폰은 꺼 놓으니까 오기 전에 연락해. 내 번호는 이따 알려 주지."

반박할 새도 없이 이어지는 단문에 지우의 정신이 또다시 멍해지려 했다. 일이 어떻게 돌아가는 건지 모르겠다. 무엇보다 저 남자는 왜 멀쩡한 인터폰을 꺼 놓는다는 건가.

"참, 내가 말했나 모르겠는데."

권도진이야, 하고 말하는 투가 심히 건방지게 들렸다. 마치 샤넬이야, 혹은 에르메스야, 하는 느낌과 비슷하달까.

거기다 너무 자연스럽게 서른하나라고 나이를 밝혔기에 지우는 찜찜한 기분에도 불구하고 제 나이와 이름을 말할 수밖에 없었다.

"송지우입니다. 스물여섯 살이에요."

"……그래서 가게 이름이 'Song'이었나."

딱히 묻는 말이 아니었다.

이후 남자는 별다른 말없이 현관 바로 옆의 방으로 들어가 버렸고 이따금 한 번씩 나와 물을 마시거나 욕실을 사용했다. 그의 집에 오는 길에 그랬던 것처럼 또다시 지우를 먼지 취급하기 시작한 것이다.

지우는 널따란 베란다에 수십 개의 화분과 덩그러니 남았다. 본능은 한시라도 빨리 이 집을 나가라고 외치고 있었지만 안타깝게 죽어 가는 식물들이 그녀의 발목을 잡았다.

인질극.

갑자기 그런 생각이 불쑥 들었다. 권도진이라는 저 남자는 악당이고 지우 자신은 당연히 정의로운 주인공이다. 그리고 컴컴한 베란다에 갇혀 죽어 가는 식물들은 악당의 인질이다.

인질이 있는 한 주인공이 함부로 도망치지 못할 것이라는 사실을, 악당은 잘 알고 있다. 굳이 지우를 감시하지 않는 까닭도 그 때문일 터.

"이건 너희를 위한 거야."

머리를 한 갈래로 높이 묶고 장갑을 끼면서 지우가 말했다.

"내가 도망치지 않는 건 무서워서가 아니야. 너희를 살리는 게 우선이니까."

이렇게라도 말하면 그나마 자신의 처지가 나아지는 것 같았다. 음흉한 남자의 위협에 굴복했다기보다는 제 행동에 책임을 진다는 말이 훨씬 좋게 들리는 건 사실이다.

그리하여 지우는 아영의 메시지를 받고 후다닥 일어날 때까지 말 그대로 소처럼 일했다.

그리고 돌아가는 내내 중얼거렸다. 권도진 망할 놈, 권도진 망할 놈, 하고.

◈   ◈   ◈

"욕실은 현관에서 들어와 바로 오른쪽. 내가 일할 땐 저길 쓰니까 혹시 나랑 겹치기 싫으면 침실 안쪽을 써도 돼. 주방은 보다시피 거실과 연결되어 있고, 냉장고는 마음대로 사용해도 되는데 열어 봤자 물이랑 술밖에 없을 거야."

지우는 신경을 잔뜩 곤두세운 채로 도진의 설명을 들었다. 어정쩡하게 메고 있는 작업용 가방 안에는 영양제나 모종삽 말고도 호신용 후추 스프레이가 들어 있었다.

떼죽음 당한 식물들의 충격에 잠시 잊고 있던 여자로서의 경계심이 발동한 것이다.

일단 사후 관리를 약속한 꽃집 사장으로서의 직무는 다해야겠는데 그렇다고 맨몸으로 남자 혼자 사는 집에 들어오기엔 불안하다. 그게 권도진의 집이라면 더더욱 위험할 것 같았다.

지우는 어제 퇴근길에 허둥지둥 호신용 스프레이를 구입했다. 가게 아저씨는 요즘같이 험한 세상에 호신용품 한 개로는 부족하다며 스프레이 말고도 경보기나 소형 가스총을 권했다.

아무리 도진이 위협적이라고 해도 총까지 쏴야 할 정도는 아닐 것 같아 고개를 저었었다. 그런데 침실 쪽 욕실을 자유롭게 쓰라는 말을 듣고 있자 자신의 판단이 잘못된 게 아닌가 하는 의문이 들었다.

침실 쪽 욕실은 보통 침실을 통과해서 가는 거지? 남자 침실을 가로질러서 가라는 말을 듣고 있는 거지, 지금?

가방 귀퉁이를 틀어잡고 있는 손에 힘이 들어갔다. 장난감처럼 보여도 5m 발사는 문제없다던 아저씨의 말이 귓가에 맴돌았다.

"가장 중요한 걸 깜빡했군."

지우의 활동 영역은 베란다일 뿐일 텐데 마치 동거인 또는 하숙생을 대하듯 집 안 설명을 하던 도진이 표정을 굳혔다. 지우도 덩달아 미간에 힘이 들어갔다.

"현관 바로 옆방은 출입 엄금이야."

그저께 도진이 지우를 베란다에 내버려 둔 뒤 콕 틀어박혔던 방이었다.

"절대, 절대, 무슨 일이 있어도."

그가 몇 번이나 무섭게 강조했다.

"열고 들어가지 마. 문손잡이에 손도 올리지 마."

시체가 있나 보다. 지우는 확신했다. 안쪽 욕실은 마음대로 쓰라면서 현관 바로 옆방은 출입 금지라는 말이 잘 이해가 안 됐다.

물론 개개인마다 비밀이 있고 프라이버시는 소중하지만, 보통 집에 남들이 절대 들어가선 안 되는 장소란 게 있던가? 보면 껄끄러운 수준이 아니라 문손잡이에 손도 올려선 안 되는 곳이라니.

"……거기 뭐가 있는데요?"

묻지 않을 수가 없었다. 물어보는 정도는 괜찮지 않을까. 두루뭉술하게나마 알려 준다면 한결 마음이 편해질 텐데, 도진은 갑자기 묘한 미소를 띠며 질문에 질문으로 답했다.

"알고 싶어?"

왜 이 남자의 미소는 오싹한 기분이 들게 하는 거지?

"굳이 그렇게 궁금하다면."

"아, 아뇨. 괜찮아요. 그냥 물어본 거예요."

순순히 알려 주려 하니 오히려 불안해지는 건 이쪽이다.

출입 금지 운운이 덫일 수도 있겠다. 호기심을 끝까지 자극해 놓고 문을 연 순간 다시는 그 방 밖으로 나오지 못하는 거다. 아니면 방을 들어가기 전과는 다른 상태가 되어 나온 다든가.

문득 도진의 직업이 궁금해졌다.

서른한 살의 성인 남자가 이 시간에 집에 있다는 건 회사 생활을 하진 않는다는 뜻이다. 그럼 가게 사장인가? 낮에는 줄곧 집에 있는 듯하니 밤에 오픈하는 가게라는 건데, 이상 하게도 도진과 밤 장사는 매치가 되지 않았다.

그럼 부모님 재산을 까먹고 지내는 백수?

"뭐 더 궁금한 점이라도 있어? 다 설명한 것 같은데."

고민하던 지우는 마지막 용기를 짜내어 직업을 물었다. 아 르바이트하는 여자애가 단골손님에 대해 궁금해하더라는 핑 계를 댈 때는 이 자리에 없는 아영에게 속으로 미안, 하고 덧 붙였다.

질문을 들은 도진이 아까와 비슷한 표정을 지었다. 이번에 도 넘어가려나 했는데 그는 어떻게 설명해야 좋을지 생각하 는 것 같더니 짧게 말했다.

"그림."

"그림이요?"

전혀 예상 밖의 대답에 지우가 되물었다. 그림? 예술 계 통이었어? 인문대 학생이었던 지우에게 예대란 상경계 또는 자연계와 비슷한 존재였다. 어쩌면 더 이질적인 느낌일 수도 있다.

자신이 20분째 풀리지 않는 수학 문제로 골머리를 앓을 때 연습실에서 바이올린을 켜거나 앞치마에 물감을 묻혀 가며 수채화를 그리던 아이들이다.

거기다 토슈즈를 신고 아라베스크 같은 동작을 하는 무용 학부 이미지가 막연히 겹치면서 낯선 기분이 증폭되었다.

그런데 권도진 씨가 그림이라? 너무 의외라는 점만 제외하면 바깥일을 하지 않고도 생활하는 것이 납득이 되었다.

고급 아파트에 사는 걸 보면 도진은 아마 굉장히 성공한 젊은 화가쯤 되나 보다. 사실 지우는 그림 쪽엔 문외한이라 그냥 그러려니 짐작만 할 뿐이었다.

이후로 지우는 꾸준히 도진의 집을 방문했다. 꽃집 일도 예약에 따라 스케줄이 달라지는 까닭에 어쩔 때는 점심시간에 올 때도 있었고 퇴근 후 저녁에 찾아올 때도 있었다.

저녁 방문은 첫날만큼의 긴장감이 들었지만, 현관문을 열고 들어섰을 때 대낮의 집보다 환한 실내를 마주하고 조금 안심했다.

식물 관리를 제대로 하지 못하면 지우를 어떻게 할 듯이 굴었던 사람치고 도진은 얌전한 편이었다. 일을 하는 동안 딱히 말을 걸지도 않았다. 어딘가에 틀어박혀 있다가 거실에 나와도 조용히 지우를 지켜보다 다시 들어가곤 했다.

지우는 저도 모르는 새 도진의 집이라는 장소에 익숙해져 갔다. 한편 시간이 흐를수록 액자 한 점 걸어 놓지 않은 그의 집에 의문을 품기 시작했다.

무엇보다 출입 금지를 못 박아 놓은 방이 궁금하기 그지없었다. 항상 문제의 방 앞을 지날 때마다 그녀는 원래 열려 있었던 척하며 슬쩍 들여다볼까 하는 충동에 사로잡혔다.

언제나 도진이 그 방에 들어앉아 있어 실행에 옮길 만한 기회는 없었지만 말이다.

"녹비단, 언니가 미안해. 수상한 사람에게 덜컥 보내서 널 이렇게 묻게 되었구나."

원래라면 나비 날개가 켜켜이 내려앉은 모양으로 잘 자랐을 다육식물 녹비단이 끔찍한 몰골로 죽어 있었다. 도진은 마이너스의 손이 틀림없다. 80개의 식물 중 하필 녹비단을 햇볕이 쨍쨍한 베란다 안쪽에 둘 게 뭐람.

직사광선, 추위, 과습. 녹비단이 싫어하는 세 가지 요소가 완벽하게 갖춰졌다. 꽃집에서 지우의 섬세한 관리를 받던 아이가 살아남을 리 없다.

이제까지는 우선 살릴 수 있는 아이들만 돌보아 왔다. 거의 50여 개에 달하는 식물이 얼추 고비를 넘긴 지금, 지우는 이제 떠나보내야 할 아이들을 정리하는 중이었다.

식물을 흙 속에 묻는다는 건 얼핏 듣기에 이상하지만 지우는 차마 쓰레기 봉투에 넣어 버릴 수가 없었다. 회생 가능성이 없는 식물들을 따로 준비해 온 가방에 넣으면서 지우는 자꾸 드는 의심을 지워 버리려 애써야 했다.

이 남자가 혹시 비눗물을 들이부었나? 아니면 화분을 재떨이 대용으로 썼나? 담배를 피우는 것 같진 않던데 흙에서 왜 담뱃재 냄새가 나지?

의심에서 시작한 생각은 점점 다른 곳으로 옮겨 갔다. 지우가 도진의 집을 드나든 지도 어언 3주가 지났다.

겉모습만 번드르르 하지, 속은 어떻게 하면 지우를 더 힘들게 굴릴 수 있을까만 하루 종일 연구하는 못된 변태 정도였던 도진에 대한 첫인상이 조금씩 변해 가고 있었다.

무엇보다 이 남자, 엄청 손이 간다.

여기서 손이 간다는 것은 자기 손으로 집안일을 하지 않는다는 것을 뜻하며, 제대로 영양소를 갖춘 식사를 하지 않고 형편없는 음식으로 끼니를 때운다는 것을 말했다.

그의 직업이 그림과 관련된 일이란 것은 들었다. 얼마나 대단한 명화를 작업하는지는 모르겠지만 자신의 몸을 돌보지 않고 종일 작업실에 처박혀 있다는 건 고작 몇 번의 방문만으로도 알 수 있었다.

돈? 돈이야 풍족한 듯하다. 이 크고 고급스러운 아파트에 혼자 살면서 집안일 해 주는 아주머니를 고용할 정도이니 말 다했지.

문제는 그렇게 돈이 많은 사람이 삼시 세끼 레토르트 식품과 배달 음식만 먹고 사는 게 납득이 안 된다는 점이었다.

아니, 솔직히 저 남자가 하루 세끼를 다 챙겨 먹는지도 불확실했다. 그렇다면 도진의 이상함은 더더욱 심해진다.

적어도 본인을 굉장히 상식적이라 여기는 지우의 입장은 그랬다.

잠도 제대로 안 자면서 싸구려 음식을 먹을 거면 그 많은 돈은 뒀다 뭐할까?

현관문을 열고 들어와 거실에 딸린 베란다로 직진, 조용히 화분만 돌보고 가는 패턴이 계속되자 지우도 슬슬 집을 둘러볼 여유가 생겼다. 넓은 집 전체가 깨끗하게 관리되고 있는 것은 인상적이었다.

하지만 지우는 물을 마시기 위해 처음으로 주방에 들어간 날을 잊을 수가 없었다. 도진은 작업실에 틀어박혀 나올 기미도 보이지 않고, 점심을 건너뛰고 온 지우는 배가 조금 고팠다.

무료 A/S 서비스를 해 주고 있다고는 하지만 그래도 과자 한 봉지쯤은 얻어먹을 수 있지 않을까?

"과자가 어디 있을까? 과자가 없으면 빵이라도 괜찮은데. 계란토스트나 해 먹을 수 있으면……."

그러면 참 좋았겠지만 지우는 모든 주부가 꿈꾸는 멋진 주방에서 식빵 쪼가리 하나 건질 수 없었다. 대신 싱크대 수납장 한쪽을 가득 채운 레토르트 파우치와 다른 쪽을 메우고 있는 라면 박스에 경악했을 뿐이다.

"아주머니께서 매번 밑반찬을 만들어 두시는 것 같던데 말이지."

도진이 허락했다고는 하나 실례를 무릅쓰고 열어 본 냉장고에는 뚜껑 한 번 열리지 않은 채 맛과 신선함을 잃어 가는 반찬통이 몇 개나 있었다.

아주머니는 돈은 꼬박꼬박 들어오니 도진이 먹든 말든 신경 쓰지 않고 계약대로 요리를 했다가 일주일 뒤 돌아와 그것을 버리는 일을 반복하고 있었던 것이다.

"다 만들어 둬도 상을 차리는 게 귀찮은가?"

지우가 고개를 갸웃거렸다. 자취를 해 본 친구들이 하나같이 말하던 게 끼니 해결의 어려움이었다.

먹을 게 없으면 없는 대로 귀찮고, 있어도 상을 차렸다가 설거지하는 게 귀찮고, 나중엔 사 오는 것조차 귀찮아서 그냥 밖에서 해결하게 된다는 얘길 들었다.

이상하지. 고만고만한 아르바이트로 돈을 벌었던 제 친구들과 고급 아파트에 사는 도진이 비슷한 식생활을 영위한다는 게 참으로 이상했다.

뭐, 그건 그렇다 쳐도 지우가 몹시 걱정되는 사항은 따로 있었다. 바로 불규칙한 수면 습관. 싱크대 위에 굴러다니는 카페인 음료 옆 수면 유도제 봉지는 지우를 아주 혼란스럽게 만들었다.

몸을 각성 상태로 끌고 갔다가 다시 뚝 떨어뜨리는 사이클이 반복되면 얼마 지나지 않아 문제가 생긴다는 건 건강 프로를 따로 챙겨 보지 않는 지우의 남동생조차 아는 사실이다.

만약 도진이 운전을 하려 들었다면 지우는 필사적으로 말렸을 거다. 다행인지 불행인지 도진은 바깥에 나가는 걸 즐기지 않았다.

"그럼 남은 건 집에서 풀썩 쓰러지는 것뿐이네."

지우의 말투에서 언짢음과 걱정이 묻어 나왔다. 아무리 도진이 그녀를 못 살게 구는 이상한 사람이라지만 아파서 쓰러지길 바라진 않는다.

일이 많이 밀려 있더라도 좀 쉬엄쉬엄하지, 하고 생각했을 무렵이었다.

어디서 가슴을 쿵 내려앉게 만드는 소리가 들렸다. 처음에 지우는 아랫집에서 아이가 우는 줄 알았다. 그냥 엉엉 우는 게 아니라 베개에 얼굴을 파묻고 흐느끼는 소리였다.

덜컥 걱정이 들어 신경을 곤두세웠더니 이번엔 강아지가 앓는 소리 같기도 했다. 둘 중 어떤 경우든 간에 듣기 좋은 소리는 아니다.

어디지? 누가 이런 소릴 내는 거지?

찬찬히 소리를 따라간 지우는 발원지가 도진의 작업실임을 깨달았다. 지난 3주간 지우의 머릿속에서 무수히 열리고 닫혔던 문제의 방, 굳게 닫힌 문 앞에서 그녀는 고민에 빠졌다.

절대 출입 금지라고 몇 번을 강조한 방에 들어갔을 때 도진이 멀쩡할 경우 그녀의 입장이 곤란해진다. 게다가 어찌 들으면 묘한 신음 같기도 했다.

혹시 권도진 씨가 어른의 활동 중이면 어쩌지?

풀 스크린에서 살색의 향연이 펼쳐지고 있으면 양쪽 다 참으로 난감해질 것이다. 도진의 평소 언행을 봤을 때 어찌할 바를 모르는 건 지우뿐일 수도 있었다.

하지만 그게 아니라면.

지우는 입술을 꼭 깨물었다. 전자의 경우엔 자신이 혼쭐이 좀 나면 끝이다. 역시 권도진은 이상한 놈이었다고, 작업실에 틀어박혀 일만 하는 줄 알았더니 야한 영상이나 보고 있었다고 여기면 그만이었다.

문제는 후자의 경우인데 자신이 우물쭈물하다가 결국 아파트를 나서면 도진은 도와줄 사람 하나 없이 쓰러져 앓게 된다.

방문 너머 들리는 신음 소리는 예사롭지 않았다. 만약 아픈 거라면 정말 심하게 아픈 것일 터.

지우가 문을 열었다.

"……권도진 씨? 괜찮아요?"

다행히 문은 잠겨 있지 않았고, 8평 남짓한 방바닥에는 도진이 쓰러져 떨고 있었다. 의자에서 일어서다가 쓰러졌는지 들고 있던 물건이 그의 주변에 아무렇게나 나뒹굴었다.

"아, 정말……. 내가 이럴 줄 알았어! 괜찮아요, 도진 씨? 어디가 아파요?"

지우가 도진의 이마에 손을 대어 보았다. 이마고 얼굴이고 몸 전체가 펄펄 끓는 용광로 같았다. 그럼에도 도진은 한겨울에 알몸으로 거리에 내던져진 사람처럼 이를 딱딱 부딪치며 떨고 있었다. 오한이 드는 것이다.

지우가 눈을 떠 보라며 뺨을 두드렸지만 의식을 차리지 못하고 신음만 흘렸다. 다 큰 남자가 이처럼 죽을 듯이 앓는 소리를 내면서 아파하는 걸 지우는 처음 보았다. 마음이 급해졌다.

"앰뷸런스를 불러야 되겠어."

51

가방에서 폰을 꺼내 와 바로 전화를 걸었다. 리젠시타워 C동 2301호. 매주 월·수·금이면 자연스럽게 찾아오는 곳인데도 정작 남에게 불러 주려니 주소가 매끄럽게 떠오르지 않아 지우는 몇 번이나 말을 더듬었다.

119 센터에서 묻는 대로 도진의 증상에 대해 설명한 뒤 그의 모습을 다시 살폈다. 여전히 온몸을 경련하듯 떨고 있었다. 입술은 갈라졌고 안색은 창백하다.

집 안에 들어서는데 얼굴 한 번 비치지 않았을 때 이상함을 깨달았어야 했다. 보통 도진은 지우를 버려두고 일하더라도 그녀가 들어올 때와 나갈 때만큼은 얼굴을 마주 보고 얘기했다.

지우는 도진에게 관심을 기울이지 않은 자신을 탓하며 침실에서 이불을 꺼내 와 그의 몸을 감쌌다. 열이 나긴 하지만 막상 이렇게 떨고 있으니 뭐라도 덮어 줘야 할 것 같았다.

"조금만 견뎌요, 도진 씨. 내가 119에 전화했어요. 조금만 있으면 병원에 데려다 줄 거예요."

지우는 계속 말을 걸었다. 도진은 여전히 정신을 차리지 못했지만 그가 혼자가 아니라는 걸 알려 주고 싶었다.

평소 TV 프로를 볼 땐 구급대원들의 신속한 출동이 놀랍더니 정작 도움을 기다리는 처지가 되자 마음이 바뀌었다. 이제 그만 올 때도 된 것 같은데 야속한 시곗바늘만 움직였다.

도진의 상태는 점점 심해지는 것만 같고 지우는 마음이 무척이나 안 좋았다.

어쨌든 아파서 응급실에 가는 건데 가족이나 친구가 한 명쯤은 옆에 있어 줘야 하지 않을까. 지우 같은 남이 아니라 도진을 잘 아는 사람이 필요할 것이다.

그녀는 도진의 폰을 찾아보기 시작했다. 케이스 모양을 기억하고 있어서 어디 깊숙이 숨겨 둔 것만 아니라면 금방 찾을 수 있을 것 같았다.

"찾았다! 여기 있네."

항상 무음으로 돌려 놓고 작업실로 들고 들어갔기에 애초에 다른 곳은 찾으려 하지 않았다. 지우는 기쁜 마음에 폰을 켰다. 화면에 잠금 패턴을 해제하라는 표시가 떴다.

"아……."

이걸 생각 못 했다. 통화 목록이나 연락처에 들어가 가족들에게 전화를 걸려고 했는데 이러면 실패. 쓸데없이 치밀한 남자. 지우가 답답한 마음에 한숨을 훅 내쉬었다.

그럼 뭐가 더 필요하지?

응급실에 보호자 없이 생판 남인 사람이랑 들어가는데 환자는 의식을 잃은 상태. 그럼 주민등록증이라도 갖고 가야 할 것 같았다. 사람들에게 도움을 청해 본가에 연락을 넣어 달라고 해야겠다.

그래, 주민등록증.

어쩜 남의 집을 속속들이 뒤지고 다니는 기분이지만 상황이 상황인 만큼 도진도 이해해 줄 것이다. 신분증이 꽂혀 있을 지갑을 찾아 일어서려던 지우는 문득 자신이 출입 엄금 구역에 들어와 있음을 자각했다.

도진이 들어가지 말라고 말할 때마다 거기 뭐 금이라도 묻어 놨냐고 코웃음 쳤지만 속으론 대체 뭐가 있나 궁금해했던 곳. 무슨 핑계를 대서라도 한 번은 들여다보고 싶었던 비밀의 장소.

지우는 오늘에야 도진이 그렇게 출입을 금지시킨 이유를 알 것만 같았다.

"세상에…… 이게 다 뭐지?"

8평의 작업실은 큰 창이 나 있는 한쪽 벽면을 제외하곤 3면이 스케치 종이로 가득 차 있었다. 흰 종이에 펜으로 그린 것도 있고 물감으로 채색을 한 것도 있다. 달력 하나 걸 공간 없이 빽빽하게 차 있어서 전체적으로 보면 굉장히 기묘한 분위기였다.

스케치 종이로 도배가 된 방.

지우는 묘하게 피어오르는 호기심에 끌려 벽으로 다가갔다. 이제껏 한 번도 보지 못한 도진의 그림 실력이 궁금하기도 했다.

"하."

짧게 터져 나온 한마디면 충분했다. 지우의 얼굴에 충격과 경악이 번져 나갔다.

뒤엉켜 싸우고, 칼과 도끼 등 보는 것만으로도 끔찍한 무기로 사람을 베고, 목을 뜯어내 죽이고, 피가 질척한 전쟁터에서 섹스를 하는 장면이 다양한 구도로 그려져 있었다.

여자의 몸에 푹 박혀 있는 남자의 그것은 불끈거리는 핏줄과 질감이 필요 이상으로 적나라하게 표현되어 있다. 잘린 목의 면면 또한 의학 서적을 참고한 게 아닌가 싶을 만큼 자세했다.

모조리 다 그런 그림이었다. 심지어 두 개의 커다란 모니터에 띄워져 있는 작업물도 스케치보다 더하면 더했지 결코 덜하진 않았다.

약간의 광기와 집착마저 느껴지는 작업실에서 도진은 줄곧 이런 그림을 그려 왔던 거다.

"권도진 씨, 대체 무슨 일을 하는 거예요……?"

멍하니 벽을 쳐다보던 지우가 혼잣말을 중얼거렸다. 분명 뛰어난 실력이지만 지우의 상상을 초월하는 그림으로 가득한 작업실 안에, 도진의 신음 소리만이 대답처럼 퍼져 나갔다.

그런 그녀에 반해 얼마 안 가 도착한 구급대원들은 침착

했고 직업정신이 투철했다. 평범한 사람이었으면 얼이 빠졌을 방에 들어와서도 오직 환자에게만 집중해 도진을 이송했다.

여전히 정신을 못 차리는 사람은 송지우 한 명뿐이어서 그녀는 엘리베이터까지 따라 나왔다가 두고 온 지갑을 떠올리고는 황급히 집으로 돌아갔다.

응급실의 젊은 의사는 도진의 상태를 과로로 인한 몸살이라 설명했다. 심각한 상태에 비해 몸살이라는 병명은 단순하기 그지없었다. 지우의 당황스러움을 알아차렸는지 의사가 짐짓 심각한 표정으로 말을 이었다.

"과로사라는 말이 괜히 있는 거 아닙니다. 환자분 겉보기엔 건장하지만 이대로 가다간 곧 영양실조도 겹쳐요."

"영양실조요?"

전쟁 통의 난민도 아닌데 이 무슨 예스러운 단어란 말이냐. 하여튼 도진의 건강 상태가 엉망이라는 말로 설명을 끝맺은 의사는 다른 환자를 보기 위해 자리를 떴다.

수액과 두어 가지 약이 도진의 팔 안으로 들어갔다. 약효 덕분인지 앓는 소리가 멈췄고 곧이어 보는 사람이 다 안타깝던 오한도 멎었다.

따로 보호자를 부르지 못해 꼼짝없이 그의 옆을 지키고 앉은 지우는 티슈를 뽑아 식은땀을 닦아 주었다.

도진은 죽은 사람처럼 깊은 잠을 잤다. 지우는 그가 눈뜨길 기다렸다가 함께 택시를 타고 돌아왔다. 그를 집 안까지 데려다 주려 했지만 혼자 갈 수 있다며 고집을 부리기에 도중에 꽃집에서 내릴 수밖에 없었다.

잘 들어갔느냐는 메시지에 그렇다는 대답이 느지막이 돌아왔다. 그런데 거실에 가방을 두고 갔다는 도진의 메시지를 보고서야 지우는 자신이 크게 놀랐다는 사실을 새삼 깨달았다.

순간 충격적이었던 스케치들이 지우의 눈앞을 스치고 지나갔다. 한두 장이었어도 눈을 떼지 못했을 텐데 그런 그림이 온 방을 가득 메우고 있었다.

"그림 일을 한다는 게 그런 거였네……."

자신이 직업에 대해 물었을 때 그가 설명하기 어려워한 것도 이해가 되었다. 하지만 이해와 충격은 별개의 것.

그날 밤, 지우의 꿈에 그림들이 나왔다. 꿈이 끝나갈 즈음엔 그림이 아닌 권도진 본인이 나와 그녀를 또 다른 충격에 빠뜨리기도 했다.

chapter
2

은혜를 키스로
갚은 남자

2am cactus

도진은 소파에 등을 기댄 채 천천히 다리를 바꿔 꼬았다. 콘티 작업을 하겠답시고 들고 나온 노트와 연필은 옆에 내려 놓은 지 오래다. 사실 애초에 작업을 할 생각 같은 건 없었다.

그의 시선은 30분 전부터 지우의 등에 고정되어 있었다. 집에 들어오자마자 영 수상쩍은 표정으로 베란다로 직행하던 그녀.

마실 게 필요하냐는 질문에 눈을 마주치지 않고 거절했다. 그렇다고 냉담하게 구는 건 아니고 어떻게 도진을 대해야 할 지 모른다는 표현이 적당할 것이다.

그는 지우의 태도가 전과 달라진 이유를 어렴풋이 알 것 같았다.

"흐음."

별것도 아닌 소리에 지우의 어깨가 움찔했다. 귀를 쫑긋 세우고 경계하는 모양새가 공기의 흐름을 읽는 초식동물을 닮았다.

그의 시선을 의식한 듯 잔뜩 힘이 들어간 몸이 안쓰러울 지경이었다. 계속 웅크리고 있으면 어깨가 아플 테지만 그렇다고 다가가서 뻣뻣한 목과 어깨를 주물러 준다면 지우는 그야말로 새파랗게 질릴 것이다.

한편으로는 저 송지우 양이 언제까지 버틸 수 있을지 궁금하기도 했다. 도진은 아내를 추궁하던 푸른 수염의 기분이 딱 저와 같았을까 싶었다.

그만 괴롭힐까? 좀 더 괴롭혀 볼까?

두 갈래 마음 사이에서 저울질을 하던 도진은 30분 만에 처음으로 입을 열었다.

"봤지?"

주어도, 목적어도 없는 질문에 지우가 놀란 토끼처럼 굴었다. 모종삽이 타일 바닥에 떨어지며 시끄러운 소리를 내는데도 열심히 제 손가락만 들여다보았다. 이런, 물집이 잡혔네. 어쩌고저쩌고.

그녀의 태도는 며칠 전, 도진이 응급실에 실려 간 날부터 묘하게 달라졌다. 그리고 도진은 그 이유가 출입 엄금시킨 작업실에 있다고 여겼다.

아니, 확신했다. 꽃과 이슬에 파묻혀 사는 송지우 양이 그의 작업물을 버텨 낼 리가 있나.

"어디까지 봤어?"

그의 입가에 사악한 미소가 걸렸다.

"얘, 얘는 곧 건강해질 것 같아요. 그럼 이만 가 보겠습니다."

지우가 주변 정리도 하지 않은 채 허둥지둥 일어나더니 도진의 앞을 가로질러 갔다. 그러다가 두고 간 가방이 뒤늦게 떠올랐는지 현관까지 갔다가 거실로 돌아왔다. 그 좁은 보폭으로 벌써 현관까지 다녀왔다는 사실이 우스웠다.

"변태 같다고 생각해?"

어색하게 인사하며 몸을 돌리던 지우가 제자리에 굳었다. 그녀는 못 봤겠지만 그 질문을 던지는 도진의 얼굴엔 씁쓸한 기색이 감돌았다.

"장난 아니잖아, 내 그림."

무슨 말을 해야 할 것 같긴 한데 도무지 적절한 표현이 생각나지 않아 당혹스러워하는 그녀를 세워 두고, 도진은 어울리지 않는 감상 따윈 이만 접어 두기로 했다.

지우가 선정적이고 폭력적인 그림 이면에 있는 그의 고충까지 헤아리기는 무리이리라. 언젠가 그런 날이 올 수도 있겠지만 그게 오늘은 아니었다.

그래서 도진은 표정을 감추고 질문을 던졌다. 이번엔 거의 혼잣말에 가까웠다.

"우리 송지우 양이 어디까지 봤을까……."

그의 예상대로 지우는 입술을 깨물며 어쩔 줄 몰라 했다. 침이 꼴깍 넘어가는 소리가 도진에게까지 들리는 것 같았다.

"벽에 붙은 스케치는 다 봤을 테고."

애꿎은 가방 끈만 틀어쥐었다. 딱하게도.

"선반에 바이브레이터 3종 세트, 끝내주지?"

콜록콜록!

회심의 일격에 지우가 기침을 쏟아 냈다. 뭔가를 마신 것도 아닌 상태에서 사레가 들릴 수 있다는 사실을, 도진은 오늘에야 처음 알았다.

지우의 기침이 가라앉길 기다리던 그는 의외의 사실에 주목했다. 송지우가 바이브레이터란 말을 아는군. 그의 눈이 웃음기로 가늘게 휘어졌다.

꽃잎과 이슬만 먹고 사는 줄 알았더니 그건 또 아닌 모양이다. 세 종류 중 뭐가 더 끌리느냐는 질문까진 참아 두기로 했다.

"난 사후 관리를 하러 왔어요. 죽어 가는 식물들을 살리고, 여차하면 쓰러진 환자를 위해 구급대원을 부를 순 있죠."

기침 때문에 붉어진 얼굴로 지우가 말을 이었다.

"하지만 사후 관리에 성희롱까지 들어간다고는 생각하지 않아요."

"……성희롱인가. 내 그림이."

"누가 그림이라고 했어요?"

이것만은 분명히 해야겠다는 듯 지우가 고개를 들고 또박또박 말했다. 불편한 대화를 이어 나가기가 쉽지 않다는 건 틀어쥔 가방끈을 봐도 알 수 있었다.

"그림은, 괜찮아요."

내가 평소 보는 유는 아니지만, 이라고 조그맣게 덧붙였다. 그러고는 다시 시선을 피했다. 도진의 눈빛이 완전히 달라진 것도 모른 채.

그림은 괜찮아요.

바이브레이터 어쩌고 하는 도진의 공격보다 몇 배는 타격이 큰 한마디였다. 그는 다시 한 번 속으로 방금 들은 말을 되뇌었다. 그림은 괜찮다, 라고.

아무것도 아닌 그 한마디에 도진의 숨통이 죄어들었다. 정말 특별할 것 없는 말인데도 이상하리만치 가슴이 먹먹해졌다.

이제껏 상대의 말문을 막히게 한 쪽은 그였다. 그랬는데 방금 전 지우의 한마디를 기점으로 입장이 뒤바뀌었다.

말을 하고 싶었다. 뭔가 굉장히 근사한 말을.

지우의 말이 자신에게 어떤 의미로 다가왔는지에 대해, 아주 세련되면서도 재치 있는 답을 내놓고 싶었다. 너무 부담스럽지 않게, 권도진답게, 쿨하게 말이다.

평소라면 숨 쉬듯이 쉬운 일이었겠지만 지금의 그는 입술만 달싹였다. 짧은 시간 동안 너무 많은 생각이 휘몰아친 탓이다. 어디까지 얘기하고 어디까지 숨겨야 할까.

갑자기 피로감이 쏟아졌다.

"젠장……."

머리가 핑 돌면서 순간 눈앞이 아찔해졌다. 응급실에 다녀온 바로 다음 날이 마감이었다. 원고를 미리 작업해 둔 터라 다행이었으나 두 번의 마감을 그렇게 넘기는 동안 비축 분이 동났다.

연재 작가에게 있어 비축 분이 떨어졌다는 건 생지옥을 뜻한다. 언제 또 이런 일이 닥칠지 모르기에 도진은 원래 일정을 소화하는 동시에 밤을 새워 여유 분을 만들었다.

당연히 무리했다. 그것도 평소보다 배로. 이럴 때마다 그는 SM과 3P를 그리는 변태 중에선 자신이 제일 성실한 변태가 아닌가 하고 자조했다.

한편 도진의 욕설에 움츠러들었던 지우가 일그러진 그의 얼굴을 보고 뭔가 안 좋은 일이 생겼음을 알아차렸다. 걱정과 경계가 반씩 섞인 표정으로 한 발짝 가까이 다가왔다.

"어디 안 좋아요?"

"별일 아니야. 그냥, 자고 나면 해결돼."

짧게 끊어 낸 말과 달리 어지러움은 가라앉을 기미가 보이지 않았다. 오히려 점점 심해져서 속이 울렁거릴 정도가 되었다. 도진은 눈을 감았다. 멀미도 아니고 기분이 더러웠다.

"그 말은, 건강을 해칠 정도로 안 잤다는 거예요?"

겨우 뜬 실눈 사이로 지우가 보였다. 아까보다 더 가까이 다가온 그녀의 얼굴엔 이제 경계심보다 걱정이 더 컸다.

어찌 보면 조금 화가 난 것도 같았다. 이상하게 들릴 수도 있겠지만 그녀가 화를 내고 있어서 기뻤다.

누군가 자신을 위해 화를 낸 게 언제였더라. 그간 화를 내는 사람은 많았으나 그 이유가 도진을 위해서였던 적은 없었다.

그런데 틈만 나면 그를 사디스트에 식물 살인마라고 욕하는 지우가 걱정하다 못해 화를 낸다. 도진은 가능하기만 하다면 쿡쿡 웃고 싶은 심정이었다.

나쁘다, 송지우.

사람 설레게.

"돈 벌어야지. 망할 아파트 관리비만도 얼마나 비싼데."

"집을 옮길 생각은 없구요? 저기, 혼자 이렇게 넓은 집에 살면 횡하지 않아요? 본인 건강 관리도 못 하는 사람이 집 관리는 어떻게 해요. 식물도 죄다 죽여 놓고."

그가 위협을 가할 상태가 아니란 걸 파악하자마자 지우는 재잘거리는 꽃집 아가씨로 돌아왔다.

그녀는 손을 짚어 이마의 열을 잰 뒤 쿠션을 베고 눕게 했다. 밥은 제대로 챙겨 먹었냐고 물으려다가 그만두었다.

얼핏 듣기로 '바랄 걸 바라야지'라고 한 것 같았는데. 도진은 뻗댈 여력도 없어져 지우가 이끄는 대로 몸을 뉘었다.

가방을 내려놓고 주방으로 들어가는 발소리가 들렸다. 냉장고가 열렸고 이어서 서랍이 차례로 열렸다. 뒤적이는 소리와 투덜대는 소리가 섞였다.

그 후로도 한참 이어진 물소리, 도마 위의 채소를 써는 소리가 도진의 귀를 기분 좋게 자극했다. 정말 오랜만에 느끼는 포근함이었다.

송지우의 마음을 얻으려면 이대로 병자 행세를 하는 게 좋을까. 도진은 눈을 감은 채 생각했다. 지우는 식물뿐 아니라 아파서 시들어 가는 모든 것을 그냥 지나치지 못하는 것 같았다.

건강을 위협하는 자신의 생활 방식이 도움이 될 때도 있다니 실로 참신한 발견이다.

어쩌면 더 자주 와 줄지도 모른다.

자신이 아프기만 하면 오늘처럼 이마를 짚어 줄 뿐 아니라 쿠션 대신 무릎을 베게 해 주고 머리카락을 쓸어 넘겨 줄지도 모른다는 생각은 몹시 유혹적이었다.

그렇게 지우의 마음이 너그러워지면 항상 건드려 보고 싶었던 볼을 만져 볼 수도 있으리라. 정말 보는 것처럼 말랑할까. 장난 삼아 잡아 늘리면 얼마나 쭉 늘어날까.

"……일어나요."

부드럽게 어깨를 흔드는 기척에 눈을 떴다. 깜빡 졸았던 모양이다. 도진은 제 집에서도 침실이 아니면 절대 잠들지 못하는 자신이 무려 30분이나 깊이 잔 것에 놀랐다.

"가지 그랬어."

하지만 입 밖으로 나온 말은 속내와 달랐다.

"가게 들어가 봐야 되는 거 아냐?"

"그렇죠. 얼른 가 봐야 되죠. 일깨워 주다니 고맙네요."

지우 역시 그렇게 말하면서도 식탁을 가리켰다. 이 집에서 좀처럼 제 구실을 하지 못하는 수많은 가구들 중 하나인 식탁이 오늘따라 낯설어 보였다.

아마 그 위에 상이 차려져 있기 때문일 것이다. 말없이 식탁 앞에 선 도진은 김이 모락모락 나는 그릇을 내려다보았다. 지우가 친절하게 이것은 음식이며 이름은 죽이라고 알려주었다.

"뭐해요. 먹지 않고."

천천히 한 숟갈 뜬 죽에서는 고소한 냄새가 났다. 샛노란 색깔을 보아 하니 단호박을 넣었나 보다. 잘게 다진 버섯, 양파, 당근, 그리고 계란.

그새 밖에 나가 장을 봐 오진 않았을 테고, 도진은 냉장고에 이런 식재료가 있는 줄 처음 알았다. 일주일에 한 번씩 다녀가는 아주머니가 청소 말고도 하는 일이 있었다니. 오늘은 새로운 사실을 여러 개 알게 되는 날이다.

담백하고 순한 맛이 입안에 퍼져 나갔다. 평소에 라면이나 먹고 사는 그의 입맛엔 좀 싱거웠다.

그가 무슨 생각을 하는지 알아차리기라도 한 듯 지우가 나박김치 그릇을 슥 밀었다.

"일부러 싱겁게 했어요. 짜게 먹어서 좋을 건 하나도 없으니까."

"……엄마랑 똑같은 소릴 하네."

지우가 숨을 짧게 들이켰다.

"권도진 씨, 방금 그거 여자들이 싫어하는 말인 거 몰라요?"

그러더니 묵묵히 그릇을 비워 가는 도진을 새삼 신기한 눈길로 쳐다보았다. 재밌는 말을 듣기라도 한 표정이었다.

"그런데 도진 씨도 엄마라고 부르네요."

"왜? 나는 뭐, 성질도 말본새도 더러워서 아줌마라고 할 줄 알았어? 아니면 좀 드라마틱하게 그 여자?"

"그런 뜻 아닌 거 알잖아요."

지우는 당장이라도 죽 그릇을 빼앗고 싶다는 듯 도진을 째려보았다. 환자만 아니었다면 진즉에 한 대 때렸을 기세다.

"하여튼 같은 말도 못되게 하는 재주가 있어요."

도진이 숟가락을 내려놓을 때까지 지우는 맞은편에 앉아 이런저런 이야기를 재잘거렸다. 진상 손님 이야기, 꽃다발을 엉뚱한 곳에 잘못 배달한 이야기.

상대의 반응을 기대하지 않는 거의 일방적인 대화였지만 도진은 이것이 나름 그녀의 배려임을 알고 있었다. 아픈 사람에게 혼자 밥을 먹게 하지 않으려는 마음 씀씀이가 그의 가슴을 자꾸만 건드렸다.

"아직 안 갔어?"

욕실에서 나온 그가 진심으로 놀란 듯 지우를 향해 물었다. 이를 닦는 김에 세수까지 했는지 머리카락 끝이 약간 젖어 있었다. 지우는 대답 대신 머그컵을 들어 보였다.

"마셔요."

도진은 그녀가 독약을 건네기라도 한 양 내용물을 노려보았다. 녹차보다도 더 엷은 연녹색의 따뜻한 물이 찰랑거렸다. 코를 가까이 대면 훈김과 함께 올라오는 향기를 맡을 수 있을 텐데.

"오늘 왜 이래?"

도진이 여전히 미심쩍은 눈으로 그녀를 살폈다.

"레몬, 꿀, 로즈마리를 넣은 차예요. 본인 베란다에서 뭐가 자라고 있는지 직접 느껴 보는 게 좋을 것 같아서요."

그가 컵을 들어 살짝 향기를 맡았다. 평생 속고만 살았는지 경계심을 풀지 않고 찻물을 한입 머금었다. 상큼한 로즈마리와 레몬이 기운을 차리게 도와줄 것이다.

도진의 얼굴이 상당히 미묘하게 변했다.

"껌 맛이 나."

"허브티는 원래 그런데…… 혹시 처음 마셔 봐요?"

"꼭 껌 우린 물을 들이켜는 것 같은데."

군말을 붙이면서도 그는 컵을 물리지 않았다. 찻물이 절반쯤 남았을 무렵, 지우는 이 남자가 좋은 걸 좋다고 말하지 않는다는 사실을 깨달았다.

그렇구나. 권도진 씨는 뼛속까지 뒤틀린 남자였구나.

이 사람도 참 피곤한 인생을 살겠다는 생각이 들자 지우의 마음속에 병아리 눈물만큼의 안쓰러움이 솟아났다. 그는 오해를 사기 쉬운 타입이었다.

문제는 본인이 일일이 남들의 오해를 풀고 싶어 하지 않는다는 거랄까.

"변태 같으냐고 물었죠?"

이상하게도 더는 도진이 무섭지 않았다.

"변태 맞아요, 당신은. 그…… 마조히스트라고 하던가요. 대단한 일을 하는 건 알겠는데 이렇게까지 자신을 몰아붙일 필요는 없잖아요. 건강이, 얼마나 소중한데."

그가 컵에서 입을 뗐다. 아무 대꾸 없이 지우를 응시하고 있었다. 생각보다 침묵이 길어지자 그녀는 자신이 또 괜한 참견을 한 건가 싶어져 시선을 피했다.

걱정과 안쓰러움이 앞선 나머지 선을 넘어 버렸을까. 하긴 서른한 살이나 먹은 성인 남자에게 건강 운운한 건 너무하다 싶었다. 도진의 말대로 그의 엄마도 아니고.

아내도 아닌데.

"아."

머릿속에 떠오른 생각에 저 자신이 놀랐다면 우습게 들릴 터다. 지우는 황급히 머릿속을 비워 냈다. 행여 도진이 눈치 채기라도 한다면 저 비뚤어진 입으로 두고두고 놀릴 게 틀림

없었다.

"너무 오래 머문 것 같네요. 아영이가 혼자 가게 지키고 있을 텐데 힘들겠어요."

소파 옆에 내려놓은 가방을 어깨에 걸쳤다. 고개를 까닥여 인사하고 몸을 돌렸다. 부끄럽다. 이게 뭔 주책이니, 송지우.

부지런히 현관을 향해 걸어가며 지우는 허브티를 건네는 것에서 멈췄어야 했다고 자책했다. 적어도 열 번은 스스로를 탓한 것 같았다.

볼 때마다 유럽의 카페를 떠올리게 만드는 중문을 나서려는 참이었다. 손잡이를 잡고 문을 여는 순간 상황 파악을 할 새도 없이 휙 끌려갔다.

끌려가서, 품에 안겼다.

"권도진 씨?"

허브티로 따뜻하게 데워진 입술이 지우를 내리눌렀다. 그와 동시에 지우의 사고가 정지했다. 도대체 무슨 일이 벌어지고 있는 거야. 미처 감지 못한 두 눈에 도진이 들어왔다.

그 또한 눈을 감지 않은 채 지우를 집어삼킬 듯 바라보고 있었다. 버틸 테면 버텨 봐. 왠지 그렇게 말하고 있는 것 같았다.

그리고 바로 다음 순간, 뜨거운 혀가 지우의 입술을 진하게 핥았다. 전혀 예상치 못한 아찔함에 지우는 결국 눈을 감앉다.

도진의 키스는 집요하고 야했다.

츄웁, 민망한 소리가 나도록 입술을 빨다가 고개를 틀어 각도를 바꾸었다. 도망은 용납하지 않았다.

지우의 말랑한 입술이 그에 의해 짓눌려지고 뭉개졌다. 달콤하고 빨간 사탕. 도진은 흡사 사탕을 녹여 먹듯 지우의 입술을 빨았고 끝끝내 틈을 벌려 안으로 들어갔다.

허브의 뒷맛이 남아 있는 도진의 혀가 지우를 옭아맸다. 빈틈없이 밀착된 혓바닥이 천천히 그녀의 혀를 비비고 문질렀다. 미뢰까지 자극당하는 기분에 지우의 발가락이 곱아들었다.

자극이 너무 강해…… . 저도 모르게 신음이 새어 나갔는지 도진이 키스를 멈추지 않은 채 입술을 늘려 웃었다.

"으웃."

호흡을 다 빼앗기는 키스에 정신이 몽롱해지는 한편 몸의 저 아래에선 열기가 고이기 시작했다.

도진의 혀가 여린 속살을 꼼꼼하게 핥아 줄 때마다 다리 사이가 아릿하게 죄어들었다. 어느새 매달리듯 안긴 그녀를 도진이 벽으로 밀어붙여 가두었다.

블랙진으로 감싸인 단단한 허벅지가 지우의 두 다리 사이를 파고들었다. 무게를 실어 지그시 눌러 오는 감각에 지우의 등이 가늘게 떨렸다.

"그만, 으, 으응."

뿌리가 아릴 정도로 혀를 빨리는 동시에 도진의 움직임에
따라 다리 사이를 자극 당했다.

근육으로 뭉친 허벅지가 끊임없이 도톰한 부분을 눌러 댔
다. 한 번, 두 번, 셀 수 없이 여러 번.

너무나 부끄럽게도 속옷이 젖어 드는 게 느껴졌다. 해소되
지 않는 열기는 결국 눈물이 핑 돌게끔 만들었다.

이런 키스는 처음이었다. 몰아치는 쾌감을 받아들이기만
해야 하는, 아주 야한 행위를 연상시키는 키스. 침대에서나
할 수 있는 그런 키스.

"하아……."

도진은 떨어져 나가는 마지막 순간까지 지우를 놓지 않았
다. 타액에 젖어 번들거리는 그녀의 입술 위로 마치 표식을
남기듯 혀끝으로 길게 선을 그렸다. 지우가 몸을 가누지 못
하고 그의 품 안에 늘어졌다.

먼저 키스를 시작한 사람치고는 복잡한 눈빛의 도진이 나
지막하게 속삭였다.

"잘 가."

산뜻하기까지 한 인사. 지우가 정신을 차린 건 그로부터
한참이 지나서였다.

＊　　　＊　　　＊

"키스, 했어."

어떻게 현관을 걸어 나와 엘리베이터를 타고 내려왔는지 모르겠다. 지우는 몇 분간의 기억을 잃었다. 조금씩 정신이 들기 시작했을 땐 아파트 입구였다. 자신은 벤치에 앉아 멍하니 땅바닥만 쳐다보고 있었다.

쿵쾅거리던 심장이 차츰 평소의 박동을 찾았다. 팽팽하게 힘이 들어갔던 아랫배의 긴장도 풀리고 다리 사이의 열기도 식었다.

방금 전 키스가 꿈이 아님을 알려 주는 건 촉촉하게 젖은 속옷밖에 없었다. 약간의 점성을 띠며 살갗에 달라붙어 있는 레이스 팬티의 존재가 미치도록 신경을 거슬렀다.

권도진의 짓이었다.

"다리 사이를, 거기를 비볐어."

그가 허리를 움직일 때마다 묵직하게 와 닿던 그것. 지우가 아직 경험이 없다곤 하나 스물여섯 다 큰 여자인데 그게 무엇인지 모를 리 없다.

한마디로, 옷을 입은 채 섹스하는 기분이었다. 그래, 이렇게밖에 설명이 안 됐다. 몸 상태가 너무 안 좋아 보이기에 죽을 끓여 주고 허브티까지 해다 바쳤는데!

은혜를 원수로 갚았다.

"권도진, 이 망할 자식!"

으아아아, 하고 분노에 찬 소리를 내지르며 벌떡 일어나 발을 굴렀다. 허공을 향해 헛발질을 하던 지우의 눈에 누가 준비라도 해 놓은 듯 세워진 빈 깡통이 들어왔다.

"망할 놈! 나쁜 새끼! 이 변태 치한아!"

이건 차라고 있는 것이다. 지우는 온 힘을 담아 빈 깡통을 걷어찼다.

깡, 하는 소리와 함께 날아간 깡통은 불행하게도 마침 건물 안에서 나오던 경비 아저씨를 정통으로 맞췄다. 훤한 대낮에 봉변을 당한 아저씨가 코를 감싸 쥐었다.

"죄, 죄송합니다! 괜찮으세요? 일부러 그런 게 아니에요. 정말, 정말 죄송합니다!"

지우가 어쩔 줄 모르고 아저씨에게 달려갔다. 죄송합니다, 잘못했습니다. 정신이 반쯤 나간 듯한 아가씨의 거듭된 사과에 경비 아저씨가 손을 휘 내저었다. 그나마 빈 깡통이라 불행 중 다행이었다.

"죄송합니다아⋯⋯."

"됐어. 괜찮아요. 거 아가씨가 화가 많이 났었나 보네."

"진짜 고의가 아니었어요. 이게 다 권⋯⋯."

하마터면 도진의 이름을 발설할 뻔한 지우가 제 입을 틀어막더니 다시 한 번 고개 숙여 인사하고는 도망치듯 자리를 떠났다.

분노와 죄송함으로 머릿속이 엉망진창이 된 탓에 전혀 엉뚱한 방향으로 걸어가다가 몸을 틀었다.

어쩔 줄 몰라 하는 모습이 23층 베란다에서도 아주 똑똑히 보였다. 도진은 소리 죽여 웃으며 들고 있던 쌍안경에서 눈을 뗐다.

"……겨우 멈췄네."

그는 혀끝으로 제 입술을 느리게 핥아 보았다. 아직 지우의 온기가 가시지 않은 입술은 따뜻하게 젖어 있었다.

지그시 눈을 감자 지우의 맛과 혀의 감촉이 생생히 떠올랐다. 제 생각에도 아슬아슬할 만큼 진한 키스였던 것 같은데 몸은 여전히 부족하다 외치고 있었다.

만약 다음이 있다면 도진은 키스에서 멈출 생각이 없었다. 그런데 그 '다음'까지 송지우의 미움을 받는 건 어느 정도 감수해야 할 것 같았다.

❖   ❖   ❖

"언니, 아까부터 뭘 그리 열심히 봐요?"

“어? 아무것도 아냐.”

지우는 얼른 인터넷 창을 닫고 작업대로 향했다. 미니 케이크와 함께 나갈 프러포즈용 꽃다발 예약이 걸려 있었다.

개인 고객이 아니라 업체 측과 계약한 가격으로 진행하기 때문에 판매가 1만 원 선에서 최대한 예쁘고 풍성한 작품을 만들어야 했다.

봉오리가 반쯤 열린 분홍 장미와 탐스러운 백장미, 연보랏빛 스토크를 섞으면 어떤 아가씨도 좋아할 무난한 꽃다발이 완성된다.

다른 무엇도 아닌 프러포즈를 위한 꽃다발이다. 마음 같아서는 예비신부의 품에 벅찰 만큼 크고 아름다운 작품을 만들고 싶지만 문제는 역시 가격이었다.

개중에 가장 실한 줄기만을 골라 만든다고 해도 5만 원 꽃다발과 1만 원 꽃다발은 안에 들어가는 종류부터 다를 수밖에 없다.

그렇다. 문제는 돈이다. 같은 여자의 입장에선 더 멋진 작품을 만들어 주고 싶어도, 꽃집 사장님의 자리는 적당한 타협을 하게 했다.

여기서 타협이란 곧 죽어도 안개꽃만은 쓰지 않는다는 것을 뜻한다. 지우는 안개꽃의 존재를 알게 된 순간부터 풍성해 보이기 위한 꼼수 같은 그 꽃이 싫었다.

꼼수.

제일 예쁜 장미를 고르던 지우의 손이 허공에 멈췄다. 어감부터 마음에 안 드는 단어는 왠지 모르게 권도진을 연상시켰다. 사실 세상의 모든 부정적인 단어가 죄다 그와 관련된 것 같았다.

더 심각한 문제는 어제의 키스가 머릿속에서 떠나질 않는다는 것이다. 잠깐만 멍하니 있으면 키스 장면이 눈앞에 아른거렸다.

아무 생각도 할 수 없게 신 나는 음악이나 들을까. 분명원래 목적은 음원 스트리밍 사이트였는데 정신을 차려 보니검색 창에 '권도진' 세 글자를 치고 있었다. 몇 년 전으로 보이는 프로필 사진과 작품 목록은 낯설었다.

스크롤을 내리자 '러브 앤 김피스(Love and Kim Peace)', '김피스닷컴', '김피스 공식 신전' 같은 팬 카페가 눈에 들어왔다.

지우는 그제야 도진의 필명이 김피스라는 사실을 알았다. 그리고 그가 웬만한 아이돌 가수 뺨치는 인기를 누리고 있다는 것도.

와, 팬 카페라니.

지우가 혀를 내두르며 장미 한 송이를 뽑았다. 다들 권도진 실체를 알고나 좋아하는 걸까? 친절을 베푼 아가씨에게야한 키스를 퍼붓는 남자인 걸 알긴 아는 건가?

"장미 말고 라넌큘러스 쓸 거예요?"

구세주는 아영이었다. 아영의 의문스런 시선을 따라가자 그 끝엔 장미라고 확신하고 뽑아 든 라넌큘러스 줄기가 있었다. 어어, 안 된다. 이걸 장미 대신으로 썼다간 단가가 훌쩍 뛴다.

"실수."

지우는 한숨을 푹 내쉰 뒤 장미를 골라 얼른 모양을 잡기 시작했다.

"오늘따라 언니답지 않네요."

"응, 나도 알아."

모든 정신을 야수의 성에 두고 왔거든.

무심코 그렇게 대꾸하고 싶었지만 꾹 눌러 참는 지우다. 아영에게 얘기하기도 민망한 주제고, 간질거리는 입을 참지 못해 지인의 사례라며 덮어씌웠다간 눈치 빠른 녀석에게 바로 들킬 게 빤했다.

"우씨, 어떤 놈이야? 짜증, 짜증, 완전 짜증."

지우가 만든 꽃바구니를 퀵서비스 배달부에게 넘겨 준 아영이 성질이 뻗친 얼굴로 들어왔다.

유리창 세정 스프레이며 마른 걸레를 찾기에 아침에 자기가 깨끗이 닦았다고 말하니 아영이 발을 굴렀다.

"그러니까요. 저도 봤어요. 아주 유리가 소멸될 기세로 닦아 놓은 거 봤다구요. 근데 어떤 망할 놈이 손자국을 떡하니 내놨잖아요."

"손자국?"

부지런히 손을 놀리는 동시에 아영이 가리킨 곳을 쳐다봤다. 아니나 다를까, 얼룩 한 점 없던 유리창 구석에 더러운 손자국이 덕지덕지 나 있었다. 저절로 끄응, 하는 소리가 새어 나왔다.

"어쩔 수 없지, 뭐. 전면 통유리를 쓸 때부터 각오한 일이야."

"으아아, 짜증!"

"우리 아영이 일 늘어나서 좀 미안하게 됐네."

지우더러 유리가 소멸되느니 어쩌느니 했지만 아영 역시 일을 야무지게 하지 않으면 못 참는 성미다. 10분이 넘도록 창만 닦고 있는 아영을 보자 웃음이 나왔다. 저렇게까지 할 필요는 없을 텐데.

아영은 볼이 퉁퉁 부은 채 들어와 간식을 먹는 내내 투덜거렸다. 한두 번도 아니고 요즘은 하루가 멀다 하고 사람들이 손자국을 내놓는다, 다 큰 성인들이 유리창에 손대지 말라는 건 못 배웠나, 들어와서 구경한다고 누가 잡아먹는 것도 아닌데 꼭 유리창에 손을 댄 채 안을 들여다본다며 넋두리가 한바탕 이어졌다.

"음흉해. 그렇지 않아요, 언니? 막 다른 일 하다가 고개 돌렸는데 유리창 너머로 들여다보고 있으면 왠지 그런 기분이 들어."

"안에 들어오면 왠지 사야 할 것 같으니까 그러겠지."

"으으으."

아영의 말 중에서 지우의 신경을 잡아끈 건 음흉하다는 표현이었다. 음흉, 음흉이라. 그렇지. 이 근방에서 제일 끝내주게 음흉한 남자를 내 알고 있지.

그런 생각을 하는 순간 또다시 어제의 키스가 떠올랐다. 지우의 손에서 장미 줄기 하나가 뚝 부러졌다.

◈   ◈   ◈

"무슨 약관 동의를 이렇게 많이 해야 돼?"

읽지도 않고 네모 칸에 체크를 하면서 지우가 투덜거렸다. 그녀는 지금 도진이 작품을 연재하고 있는 사이트에 회원 가입을 하는 중이다.

원래 귀찮은 과정을 거치면서까지 웹툰을 볼 마음은 없었다. 하지만 퇴근 후 집에 돌아와 씻고 저녁을 먹고 침대에 발라당 누워 스마트폰을 만지작거리고 있으려니 갑자기 도진의 웹툰이 궁금해졌다.

김피스 신전? 하, 무슨 신전까지 세워. 권도진이 남신이라도 되나.

은혜를 원수로 갚은 자가 탐탁지 않기는 여전했지만 그와 별개로 '팬 카페를 둘 만큼 그렇게 재미있나?' 하는 궁금증이 치밀었다.

딱 5화만 보고 결정하자. 지우는 5화 선에서 자신과 타협했다. 재미있으면 더 봐 주는 거고 재미없으면 바로 접어 버리는 거다. 그럼 지우의 안에서 도진은 재미도 없는데 야하기만 한 그림을 그리는 자로 영영 남게 되는 것이다.

"김피스…… 메인에 걸려 있네."

그가 연재하는 사이트를 찾아 들어가는 것도 쉬웠고, 처음 들어간 사이트에서 작품을 찾기도 순조로웠다. 굳이 일일이 들어가 볼 것도 없이 사이트의 메인 타이틀 바로 아래에 그를 위한 화려한 배너가 띄워져 있었다.

"홍라(紅羅). 시대물인가? 와, 조회수 좀 봐. 이거 유료 연재 사이트 아냐? 다 돈 내고 보는 건데 조회수가 이게 웬 말이야."

사이트에 들어갈 때까지만 해도 제법 도도한 태도를 유지했던 지우는 이제 대놓고 놀라고 있었다.

우리나라는 아직 웹툰을 돈 내고 보는 문화가 완전히 정착되지 않았다고 알고 있는데 그런 세간의 이야길 비웃기라도 하듯 도진의 작품은 고공 행진 중이었다.

한 화에 200원, 장대한 스케일의 대작이라 광고하고 있고 반년 전부터 연재한지라 이미 쌓인 분량이 꽤 되었다. 이걸 다 보면 오늘 밤에만 만 원 넘게 깨질 것이다.

"그래요, 권도진 씨. 어디 제 지갑에서 만 원을 빼 갈 수 있을지 보자구요."

야박하게도 3화까지만 무료 서비스다. 다른 작가들은 5화, 혹은 통 크게 10화까지 열어 놓는 것 같은데 역시 스타급은 다르다는 건가?

10분 뒤.

지우는 3화까지만 무료로 열어 놓은 것은 쩨쩨함의 발로일 수도 있지만 달리 말하면 자신감일 수도 있겠다고 생각했다.

야하다. 첫 화, 첫 장면부터 충격적일 만큼 수위가 높았다. 잔인하기도 잔인하며 색깔은 또 얼마나 실감나게 잘 쓰는지 등장인물의 배가 갈라지는 부분에선 지우의 인상이 확 찌푸려졌다.

그런데 문제는 흡인력이 굉장하다는 거였다. 이런 장르를 보지 않던 지우마저 단 3화만에 빠져드는 몰입도. 다음 화 결제를 하지 않을 수가 없었다.

결국 지우는 벌게진 눈과 몽롱한 정신으로 동트는 새벽을 맞았다. 밤을 새워 만화를 본 게 얼마만이던가. 아침 출근이 걱정되는 한편 잠을 줄여 가며 재밌는 이야길 본 사람만의 뿌듯함이 지우를 채웠다.

간밤에 연재 분량을 다 따라잡았으니 이제부턴 실시간으로 따라가면 되겠어!

"도진 씨, 그렇게 안 봤는데……. 송지우 완패."

지우는 자신의 패배를 깨끗이 인정했다. 도진은 스토리 텔러로서도, 그림 실력으로도 어디 하나 흠잡을 게 없었다. 간간이 좀 거부감이 드는 장면이 나오긴 하나 내용 진행에 필요한 장면이라 넘어가 줄 만한 수준이었다.

그제야 도진을 좋아하는 팬들의 심정을 알 것 같아 지우는 입가에 미소를 띠고 댓글 목록으로 넘어갔다.

지금까지 정신없이 내용을 따라가느라 웹툰 밑에 달린 댓글을 읽지 못했다. 기발한 댓글을 또 하나의 재미라고 생각하는 지우로서는 그냥 넘길 수 없는 부분이었다.

어디 한번 권도진 씨 웹툰에 대해 사람들이 어찌 생각하는지 볼까나.

제일 먼저 눈에 들어온 건 가장 많은 추천수를 받은 댓글이었다. 지우가 이제껏 봐 온 여러 웹툰 댓글과는 달리, 추천수와 반대수가 거의 비등했다.

"이게 뭐야."

묘한 기대감을 품고 아래쪽으로 내려온 지우는 바로 눈살을 찌푸렸다. 입에 담기도 거북스러운 내용의 댓글이 1위를 차지하고 있다. 도진의 작품이 아니라 도진을 욕하는 내용이었다.

이상한 건 추천수 순서대로 줄서 있는 댓글 중 열에 일곱가량이 전부 그랬다.

하나같이 도진을 욕하고 있었고, 실제로 욕설을 써서 댓글을 달면 블라인드 처리를 당한다는 걸 알고 교묘하게 비꼬는 경우도 많았다.

"……다들 잘 봐 놓고 왜 이래?"

지우는 왠지 기분이 나빠져서 사이트 창을 닫고 보통 검색할 때 쓰는 포털 사이트를 열었다. 여기엔 도진에 대해 좋은 말이 있을 거다. 낮에 잠깐 찾아봤을 때 상당수의 팬 카페를 본 기억이 있다.

"어어?"

당황했다. 본명 말고 필명으로 검색했더니 훨씬 원색적인 욕설들이 검색 목록을 가득 채웠다.

어떤 사람은 도진의 작품을 보지도 않고 무조건 돈만 밝혀서 그린 싸구려 성인물이라고 비난했다. 팬 카페도 많았지만 안티 카페는 훨씬 많았다.

'김피스를 증오하는 사람들의 모임'은 또 뭔가? 집밖으론 잘 나오지도 않는 도진이 자기들에게 무슨 큰 잘못을 저질렀다고 증오하기까지 할까?

아주 어두운 표정을 한 지우가 카페를 클릭해 봤다. 모두가 자유롭게 가입할 수 있는 공개 카페였는데 자유게시판이 온통 도진에 대한 말도 안 되는 험담으로 도배되어 있었다.

대낮부터 김피스가 어린 여대생들에게 작업 거는 걸 봤다는 사람은 설득력을 얻을 목적에서 정확한 날짜와 시간 및 장소를 적어 났는데, 그날 도진은 여느 때처럼 작업실에 들어가 일을 했다.

이건 지우가 자기 신용을 걸고 확언할 수 있었다. 왜냐면 남자가 도진을 봤다는 시간에 도진은 자신과 함께 있었으니까!

하지만 그런 험담은 약한 정도에 불과했다. 어디서 도진의 옛날 사진을 구해다 흉하게 합성을 해 놓은 사진은 아침부터 지우의 기분을 불쾌하게 만들었다.

그리고 많은 추천수를 받은 게시글을 클릭해 본 지우는 맨 첫 번째 줄을 다 읽기도 전에 화면을 꺼 버렸다.

"너무해……."

지우를 욕한 것도 아닌데 눈물이 핑 돌았다. 왜 도진에 대한 욕을 보고 자신의 기분이 나빠지는지 모르겠다.

하지만 저렇게 많은 사람이 하찮은 이유로, 또는 잘못된 이유로 도진을 증오하고 있는 것을 보니 마음이 너무나 언짢았다.

아마 도진도 자기를 싫어하는 사람이 많다는 걸 알고 있겠지. 저번에 그가 지나가듯 농담처럼 했던 말이 떠올랐다.

행여 자신의 작품이 궁금해서 찾아보더라도 사람들의 반응만은 안 보는 게 좋을 거라던.

이유를 물었더니 대답이 이랬었다.

"그걸 보고 나면 내가 불쌍해질걸. 송지우에게 불쌍한 취급만은 받기 싫다고."

처음에 들었을 땐 아리송한 말이었는데 도진을 향한 글을 보고 나니 이제 이해가 되었다.

그는 젊은 나이에 눈부신 성공을 하여 누구나 부러워하는 반짝반짝한 성에 살고 있다. 모두가 그를 향해 말하겠지. 너처럼 하고 싶은 걸로 성공하는 사람도 드물어.

그 말의 이면에는 그러니 감사하며 살라는 뜻이 내포되어 있다. 하고 싶은 그림으로 큰돈을 버니까 도진의 가족들까지 싸잡아 욕하는 반응쯤은 참고 넘기라는 뜻.

대단하게 보였던 모든 것들이 갑자기 너무나 안타까워졌

다. 인내하는 데에도 정도가 있고 수준이 있지, 지금 도진이 당하고 있는 일들은 그 단계를 넘었다. 사람들은 그냥 도진이 살아 숨 쉬는 게 싫은 듯 굴었다.

그는 잔인무도한 악당도 아니고 그저 그림을 그릴 뿐인데.

데워 먹는 카레와 라면으로 끼니를 때워 가며 미련하게 일을 하는 사람인데.

도진의 성공이 그토록 잘못된 것일까?

자신이 도진이라면 인터넷은 켜 보지도 않을 것 같다. 멀쩡한 사람이라면 버텨 낼 수가 없을 내용들로 도배되어 있는 세상이니 금세 질려 버리리라.

지우의 얼굴이 한없이 어두워졌다. 아침부터 우울한 기분에 젖어 들었다. 이제껏 알지 못했던 도진의 어두운 면모가 그녀를 컴퓨터 앞에서 쉽게 뜨지 못하도록 만들었다.

"불쌍하지 않아요. 그저, 그냥 왠지…… 슬퍼."

지우가 모니터를 도진인 양 바라보며 중얼거렸다. 내일이면 다시 그의 아파트에 가서 그 얼굴을 마주해야 한다. 자신은 예전처럼 도진을 대할 수 있을까.

그리고 왜 마음 한구석에서 자신만은 도진에게 좀 더 따뜻하게 대해 주고 싶다는 생각이 드는 걸까. 그 이유를 지우는 아직 알 수 없었다.

알 수 없지만 일단 행동으로 옮기고 보자.

황무지 같은 과방 앞 화단을 마주했을 때 분연히 삽과 비료를 꺼내 들었던 행동파 지우는 도진을 대하는 데에도 같은 태도를 취했다.

신경을 쓰며 관리하는 대상이 베란다의 식물뿐 아니라 도진에게까지 확장되었다.

일단 시작은 끼니를 거르지 않도록 잔소리를 하는 것이었다. 그다음은 약국에서 종합 비타민을 사다가 식탁 한가운데 떡하니 세워 놓는 것이었고.

그럼에도 도진이 화를 내지 않자 욕심을 조금 더 부려 냉장고를 가득 채우고 있는 술병에 포스트잇을 붙였다.

—술보다는 밥!

—수면제랑 같이 마시는 건 최악이에요.

—어허, 다시 생각해 봐요.

—그나저나 오늘 비타민은 먹었어요?

도진이 항의를 하면 거기에 대꾸할 말도 생각해 두었다. 어쨌거나 베란다의 식물들은 이제 지우의 손을 떠난 몸. 새 주인인 도진이 쓰러지면 저 식물들은 어떻게 하느냐는 것이다.

그러나 도진은 이상하게 지우의 참견과 간섭을 내버려 두었다. 절대 타인의 개입을 허용치 않을 사람처럼 보이는데 지우를 가만히 놔둔다는 것은 무슨 의미일까.

문득 이런 생각이 들었다.

만약 그가 지우에게 너그럽게 굴기로 한 거라면 지난번의 키스에 대해서도 물어볼 수 있지 않을까?

하지만 지우는 그러지 않기로 했다.

자신은 예전에 비해서 도진에게 이미 과할 정도로 잘해주고 있는데 여기다 키스에 관해 묻는다면 필시 그는 지우의 마음을 오해할 것이다. 좋아하게 된 거라고 생각할지도 모른다.

도진이 어떤 의도로 키스를 했건 간에, 키스 한 번에 사랑에 빠져 연인이라도 된 듯 구는 여자가 되고 싶진 않았다.

지금 지우에게 있어 더 신경 쓰이는 쪽을 택하라면 키스의 진의보다 도진을 향한 악성 댓글이었다.

연재 분을 완독한 이후로도 댓글은 계속되었다. 새 웹툰이 올라올 때마다 사람들은 누가 빨리 욕설을 다는지 경쟁이라도 하듯 댓글을 달았다.

지우는 흥미진진하게 웹툰을 보고 나선 실눈을 뜨고 스크롤을 내렸다.

오늘 내용은 이러이러해서 좋았다는 내용을 보기라도 하면 지우 자신이 칭찬받은 것처럼 왠지 모르게 뿌듯해졌다. 도진을 향한 응원의 말은 지우의 기분까지 북돋워 주었다.

확실히 키스보다는 이쪽이 신경 쓰인다. 게다가 도진도 그날 이후로 별다른 말이 없으니 지우만 입을 열지 않으면 나름 평화로운 분위기가 깨질 일은 없으리라.

오히려 당황한 쪽은 도진이었다.

"도진 씨 전공은 뭐였어요?"

어제 허브 상태를 살펴보던 지우가 이런 질문을 해 왔다.

그녀가 끓여 준 차를 마시면서 왜 강제 키스를 당한 지우가 입안의 혀처럼 굴고 있는지 고심하던 도진은 얼떨결에 대답하고 말았다.

"미대 서양학과."

"어쩐지. 스케치를 보는데 뭔가 클래식한 느낌이 묻어 나더라구요."

지우의 대답에서 도진은 두 가지 사실을 알아차릴 수 있었다. 첫째, 송지우는 미술에 진짜 문외한이다. 둘째, 그럼에도 어설픈 칭찬으로 도진을 기쁘게 하려 노력한다.

앞의 것은 그렇다 치더라도 후자는 도무지 이해가 되지 않았다. 지우는 왜 당장 그 자리에서 티가 날 칭찬을 한단 말인가? 왜 자신을 기쁘게 해 주려고 하는 건가? 왜, 왜, 도대체 왜? 무슨 이유로?

그녀가 자신을 좋아하게 되었다는 생각 따윈 하지 않았다. 지우는 단 한 번의 키스에 홀라당 넘어오는 타입의 여자가 아니다.

그렇다면 다른 꿍꿍이가 있다는 건데 한동안 잘해 주다가 뒤통수 칠 기회를 노리는 거라기엔 악의가 보이지 않았다. 조심스러운 배려나 잘하지도 못하는 칭찬이라면 모를까.

아무래도 키스에 연연하는 쪽은 도진뿐인 것 같았다.

그래서 뭔가 좀 분했다. 분명 먼저 한 쪽은 자신인데, 처음부터 끝까지 리드는 도진이 했는데 허둥지둥 도망치기 바쁘던 지우는 언제 그랬냐는 듯 키스를 싹 잊어버렸다.

한동안 지우의 미움을 받아 낼 각오를 한 자신이 우스워지는 순간이었다.

도진은 그날 이후로 여러 번 키스를 되풀이하는 꿈을 꾸었다. 하다못해 지우가 없을 때면 베란다에서 초록빛을 회복 중인 식물들만 봐도 진한 키스가 떠오를 지경이 되었거늘.

뭐지, 저 여자. 무슨 생각을 하고 있는 거지.

잘해 줘도 불안하다는 말이 이런 상황을 두고 하는 말이렷다. 도진은 요즘 그의 전속 건강 관리사라도 된 듯 구는 지우의 말을 떠올려 봤다.

오늘은 뭘 먹었느냐, 저녁은 뭘 먹을 예정이냐, 새로운 품종의 식물들이 들어왔으니 구경이라도 할 겸 꽃집에 들러라, 잠깐이라도 바깥 공기를 마시면 건강도 기분도 한결 좋아진다.

새로운 품종이라니. 진심이야, 송지우?

도진은 그렇게 되묻고 싶었다. 수십 개의 식물을 처참하게 죽여서 A/S 오도록 만든 장본인이 누군데 새 화분을 추천하는 거냥 말이다.

불안하고 의심스럽다. 그냥 지우를 정신없이 몰아붙여서 속내를 드러내게 할까 하는 생각이 들었다. 이대로는 자신이 이상해져 버릴 것 같았다.

"괜히 얼토당토않은 기대를 품게 되잖아."

오늘은, 커피나 카페인 음료도 몸을 깨어 있게 하지만 역시 자연에서 얻은 것만 못하다는 소릴 하며 지우가 아로마 오일을 들고 왔다.

작업실에는 페퍼민트를, 침실에는 라벤더와 카모마일 조합을 두면 좋을 거라고 재잘거리며 집 안을 누빈다.

거실 소파에 앉아 다음 원고의 시놉시스 작업을 하던 도진은 다시 한 번 생각했다. 조만간 송지우를 닦아세워야겠어.

그런 생각을 하며 앉아 있는데 테이블 위에 던져 둔 폰이 울렸다. 발신자는 형이었다.

잠깐 머뭇거리던 도진은 지우가 작업실에서 나올 기미가 없자 전화를 받았다. 작업실을 성역으로 여기던 자신이 언제부터 남의 출입에 이리 관대해졌는지.

"어."

―잘 있냐?

성인이 된 형제의 대화는 담백하기 이를 데 없었다. 형의 전화는 거의 보름 만이었다. 보름 전에도 오갔던 빤한 안부 인사가 이어졌다가 부모님은 어찌 지내시냐는 도진의 물음에 구박이 돌아왔다.

―궁금하면 전화를 해. 아니면 본가를 가든가.

"바빠서."

―웃기는 소리 하고 있네. 차 타면 30분 거리야, 이 자식아.

네놈이 안 가는 게 아니냐는 소리가 수화기 너머로까지 울렸다. 스피커폰도 아니고 볼륨은 중간 정도에 맞춰 놨는데, 그럼 이건 그냥 형의 목소리가 크다는 소리다.

하긴 형은 언제나 또렷하고 당찬 목소리로 남들의 주목을 받았었다. 같은 형제지만 자신과는 다르다.

학교를 다니는 내내 임원직을 도맡았고 리더십과 좋은 성격으로 대기업에 입사해 지금까지 승승장구 중이었다.

까다롭고 변덕스러운 시동생에게도 항상 미소를 잃지 않는 부인과 세 살 난 아이까지 있다. 그야말로 이 시대의 모범적인 남자다.

장남을 4년간 키우면서 세상 모든 아이가 그처럼 활발하고 밝을 줄 알았던 부모님이 자신을 대하고 얼마나 막막한 기분이었을지 도진은 어느 정도 이해가 갔다.

겉모습은 비슷하지만 속은 전혀 다른 아이. 상처를 쉽게 받는 주제에 말은 조금도 예쁘지 않게 하는 구석이 있었다.

학교에서 장래희망 조사를 할 때도 줄곧 '없음'을 적다가 고2가 돼서야 뜬금없이 그림을 하겠다고 선언해 모두를 당혹스럽게 하기도 했다.

까칠하고 혼자 있기를 좋아하며 남들과의 교류를 즐기지 않는 외골수지만 그래도 도진의 부모님은 그런 아들을 진심으로 아껴 주었다.

비록 도진이 앞날이 보장된 신진 화가의 길을 걸어차고 폭력과 섹스가 난무하는 웹툰을 그릴 때 또다시 당혹스러움을 감추지 못했다고 해도 부모님의 애정은 변함이 없었다.

형도 동생의 작업물을 챙겨 보면서 응원의 메시지를 보내는 건 아니지만 그가 원하는 일을 하는 것은 지지해 주었다. 행운이 아닐까 하는 생각이 들 정도로 좋은 가족들이었다.

그렇기 때문에 더더욱 거리를 두게 된다.

—너 혹시 어머니, 아버지한테 무슨 일이라도 생길까 봐 그러는 거야?

귀신같은 놈. 친형을 이렇게 부르면 안 되겠지만 도진은 속으로 그런 생각을 했다. 동생에게서 아무런 대답도 나오지 않자 형이 재차 물었다.

—요즘 사람들은 좀 만나고 다녀?

"사람들 만나는 건 왜?"

—너 대학 때는 동아리 활동도 했었잖아. 그 맨날 아옹다옹하던 녀석도 있었고.

"아옹다옹 같은 귀여운 말은 그런 놈한테 쓰는 거 아니야. 그리고 딱히 연락들 안 해."

한숨 비슷한 소릴 들었다.

—권도진.

"왜, 권도훈?"

—우리 집이 널 서운하게 키우지도 않았는데 말이다. 어, 넌 원래 삐죽삐죽한 녀석이긴 했지만 그래도 요즘 같진 않았는데……. 데뷔 이후로 왠지 일부러 거리를 두는 게 느껴져.

도진이 가만히 입을 다물었다. 형이 잠시의 시간차를 두고 물었다. 평소에 비해 무척이나 조심스럽고도 진중한 말투였다.

—너, 괜찮아?

많은 것이 내포된 물음이었다.

형이라고 그 많은 댓글을 보지 않았을까. 포털 사이트에 동생의 이름을 치면 대부분이 입에 담지도 못할 욕설인 상황이 수년째 이어지고 있다.

가족들 모두가 알고 있지만 당사자인 도진이 원하지 않기에 모른 척할 뿐이다.

정말 괜찮으냐는 질문은 간신히 버텨 온 도진의 의지를 꺾을 뻔했다. 말할까. 그냥 털어놓고 같이 욕이나 하자고 할까. 형이라면 댓글 못지않은 수준의 욕설을 구사할 수 있겠지.

그럼 조금이나마 편해질 수 있을까.

도진의 입가에 씁쓸한 미소가 걸렸다. 상대방에게는 웃는 소리가 들리겠지만 얼굴을 보면 전혀 웃고 있지 않음을 알아차릴 수 있을 거다.

"당연히 괜찮지. 취업난인 시대에 내가 하고 싶은 일로 떼돈을 벌고 사는데 괜찮아 마땅하지. 안 그래?"

스스로에게 들으라고 하는 소리이기도 했다. 그러나 형은 바로 앞에서 얼굴을 마주 보고 얘기하고 있는 것처럼 무거운 한숨을 쉬더니 적당한 말로 통화를 마무리 지었다.

—조만간 들를 거야. 얼굴 좀 보고 살자.

"셀카 보낼게."

—이 망할 놈아.

전화가 끊어졌다. 유쾌한 통화였다. 가족의 목소리에는 묘한 힘이 있어서 얼마나 멀리 떨어져 있든 듣는 것만으로도 기운이 나게 한다.

도진의 얼굴에도 아직 연한 웃음기가 걸려 있었다. 그리고 검게 어두워진 휴대폰의 화면을 들여다보는 동안 물에 희석되듯 웃음기가 사라져 갔다.

오래전 그때처럼 말해 볼 걸 그랬나. 아주 오래전, 형이 제일 대단하다고 철석같이 믿었던 그때처럼.

적당한 장소에 디퓨저를 내려놓은 지우는 작업실에 들어온 김에 벽에 붙은 스케치들을 꼼꼼히 살펴봤다.

지난번엔 너무 충격적이라 제대로 볼 수가 없었는데, 도진의 웹툰까지 다 본 지금은 가까이서 관찰할 여유도 생겼다.

확실히 필요 이상으로 세세하고 폭력적이긴 하지만 그림 자체로 보면 잘 그린 그림이다. 아무것도 모르는 지우의 눈에도 그게 보였다.

"실력 좋기만 하구만."

들을 사람 하나 없는데 괜히 말해 보는 지우였다. 실력도 실력이지만 성실성도 끝내준다.

여기 서 있다간 하는 일 없이 도진의 편만 들고 있을 것 같아서 그녀는 비타민을 챙겨 먹었나 물어보리라 생각하며 작업실 문을 열었다.

거실 가까이 갔는데 도진이 통화하는 소리가 들렸다. 도진이 누군가와 이야기하는 모습은 거의 처음 보는 것 같았다. 엿들어선 안 된다는 건 알지만 지우는 저도 모르게 귀를 기울이고 말았다.

그는 형과 통화 중이었다. 형의 목소리가 얼마나 크고 또렷한지 소파 뒤쪽 복도에 있는 지우에게까지 들렸다.

통화 내용도 그렇지만 지우는 무엇보다도 도진의 표정이 내내 마음에 걸렸다. 슬쩍 비껴 보이는 시선 끝에 더없이 지치고 쓸쓸한 얼굴의 도진이 있었다. 가족과 통화하는데 저런 얼굴을 하는구나.

계속 듣고 있다간 그의 어깨를 토닥여 주게 될 것 같은 마음에 돌아서려는 찰나 통화가 끝났다. 숨도 크게 내쉬지 못하고 그저 제자리에 서 있는데 도진의 목소리가 들렸다.

힘이라곤 들어가지 않은 목소리로.

"형……."

왠지 어린 소년을 떠올리게 만드는 말투였다.

"도와줘."

지우는 입술을 깨문 채 발소리를 죽이고 작업실로 돌아갔다. 그에게 감정을 정리할 시간을 주고 싶었다. 도진은 다른 이에게 속내를 보이기 싫어하는 것 같으니까.

어느 정도의 시간이 지나고 도진이 먼저 지우를 찾았을 때 그녀는 비로소 밖으로 나갔다. 스케치들을 구경하느라 정신이 없었다는 말을 덧붙였다. 비타민 잊지 말라는 말로 인사를 대신한 뒤 지우는 그의 아파트를 나섰다.

꽃집으로 돌아가는 동안 지우는 도진의 얼굴이 자꾸 떠올라 마음이 어지러웠다.

덜어 낼 수 없는 막막함과 채워지지 않는 공허함. 그런 표정을 보면 신경이 쓰인다. 어떻게든 조금이나마 도진을 채워 주고 싶다면 그건 너무 과한 욕심일까.

아니면 이건 욕심이 아니라…….

"좋아하게 된 건가?"

넓은 길 어디 즈음에서 지우가 조그맣게 중얼거렸다.

chapter
3

쉬어 가요,
그대

2am cactus

　　"대인관계 장애입니다. 원인은 스트레스. 극단적인 수면 습관도 걱정되지만 지금 가장 큰 문제는 누적된 스트레스예요."

　　도진은 의사의 말을 떠올리고는 픽 웃었다.

　　데뷔 때부터 그를 봐 온 담당자의 조심스런 권유를 뿌리치기 뭣해 찾은 병원이었다. 대놓고 정신과라고 하면 사람들이 꺼리니까 요즘은 상담 클리닉 같은 간판을 걸어 두나 보다.

　　아, 권도진. 이제 그만 인정하자. 그는 갑작스레 쏟아지는 피로감에 한숨을 내쉬었다.

담당자가 소개해 주긴 했지만 지푸라기라도 잡는 심정으로 응한 쪽은 자신이었다. 누군가에게 털어놓으면 기분이 좀 나아질 거라는 담당자의 말에 완전히 혹해 버렸다.

재차 고려해 볼 여력 따윈 없었고, 평소의 자신답지 않게 기대감까지 품었다.

숨통을 죄어드는 이 압박감을 조금이라도 덜어 낼 수 있다면 비싼 상담료 정도는 얼마든지 지불할 용의가 있었다. 젠장, 돈 하나는 썩어 나게 많으니까.

그리고 그런 도진을 비웃기라도 하듯 의사는 빤한 말을 늘어놓았다. 스트레스로 인한 대인관계장애라니. 돌팔이 새끼.

제 이야길 두 시간이나 들었으면서 진단이랍시고 내놓은 결과가 저랬다.

"교통사고 당한 애 보고 자동차 트라우마가 있구나, 라고 해 보지?"

스스로 든 예시에 어이가 없어 쿡쿡 웃는 도진이었다. 웃다가 화내다가 지치길 반복한다. 확실히 자신은 정상이 아니었다.

도진은 알 만한 사람은 다 아는 웹툰계의 스타였다. 스물다섯 살의 나이에 파격적인 성인물로 데뷔함과 동시에 이슈가 되었고, 청소년을 타깃으로 삼은 작품이 대부분인 업계에 큰 충격을 불러일으켰다.

대표부터가 실험 정신으로 오픈한 유료 연재 사이트는 도진에게 있어 최고의 발판이 되었다.

옛날 출판 만화의 시원시원하고 화끈한 전개에 목말랐던 성인 독자들은 피와 배신, 복수, 그리고 섹스가 어우러진 도진의 작품에 열광했다.

조회수가 무서울 정도로 늘어 갔다. 사이트는 따로 돈 들여 홍보하지 않아도 '김피스 작가 독점 연재 중'이라는 문구만으로 톡톡한 광고 효과를 보았다.

도진의 성공에 자극받은 후발 주자들이 잇따라 거친 느낌의 성인물을 내놓았지만 모두 아류작이라는 평가를 피할 수 없었다. 그야말로 도진은 독보적이었다.

하지만 가장 높이 빛나는 별은 가장 많은 시기 질투를 사는 법. 도진이 몇 년째 1위의 자리에서 내려오질 않자 그와 그의 작품을 깎아내리는 이들이 하나둘씩 나타났다.

시작은 댓글이었다.

아주 짧고 간결하지만 노력 대비 효과 하난 끝내주는 공격법. 도진은 아직도 자신이 처음으로 접한 악플을 잊을 수가 없었다.

역겨운 변태 새끼. 네 엄마 X한테도 XXX 해 보지?

사이트 자체 심의로 걸러졌는지 아니면 누가 신고했는지 모르겠지만 5분 뒤 그 댓글은 블라인드 처리되었다.

그러나 시커먼 독 같은 말은 이미 모니터를 넘어 도진에게 박혔고, 여태 자신이 꽤나 무감정한 인간인 줄 알았던 그는 속이 메스꺼워짐을 느꼈다.

첫 대응이 적절하지 않았다는 건 도진도 인정하는 부분이었다. 그는 다음 연재 분 말미에 악플러를 저격하는 글을 남겼다. 그게 시발점이었다.

이제껏 어떻게 참아 왔는지 신기할 정도로 많은 사람들이 쏟아져 나와 도진에게 분노에 찬 욕설을 퍼붓기 시작했다.

그들은 도진의 대응을 기다렸고 또 기대했다. 두 번째 작품의 영화화가 결정된 날, 그의 안티 카페 수가 팬 카페 수를 추월했다.

담당자는 유명세를 치르는 거라 말해 주었다. 그러면서 이제 직접적인 대응을 삼가는 한편 더 큰 성공을 위해 작품에 집중하라고 조언했다.

당시엔 그 말도 일리가 있다 싶었다. 돌이켜 보면 순진하고 멍청한 생각이었다.

한번 먹잇감을 문 인간들이 도진을 그리 쉽게 놓아줄 리 없었다.

수백, 수천, 정확한 수치조차 파악하기 힘든 악플러들은 침묵하는 도진을 자극하기 위해 차마 눈뜨고 보기 힘든 합성 사진을 유포했다.

도진의 메일로 보냈음은 물론이요, 얼마 지나지 않아 그는 SNS 계정을 해킹당하기까지 했다.

자기 자신을 욕하는 것까진 참을 수 있다. 제 작품을 힐난하는 것도 '그럼 안 보면 될 거 아니냐'며 넘길 수 있다. 그렇지만 가족까지 끌어들이는 건.

도진은 식도를 타고 올라오는 신물을 겨우 삼켰다. 본가의 데스크톱에 연결된 랜선을 아예 끊어 버려야 할까. 행여나 예순 넘은 부모님이 아들 이름으로 인터넷 검색을 하지 않길 바랄 뿐이었다.

아무래도 이미 보신 것 같지만…….

그 많은 시련에도 불구하고 도진은 꿋꿋하게 작업에 임했다. 중간에 얼굴이 노출된 해프닝 때문에 배우 뺨치는 외모로 또 한 번 화제몰이를 하기도 했으나 그는 묵묵히 일에 집중했다.

성실히 경력을 쌓아 온 지 6년. 그간 한 번도 마감을 어긴 적 없는 전적이 새롭게 주목받으면서 악플러들의 기세도 많이 누그러진 듯했다.

하지만 알고 보니 그게 폭풍전야였던 거다.

1월, 새해를 맞아 독자들을 위한 귀여운 서비스 컷을 방출했다. 오랫동안 공들여 준비한 프로젝트에 대한 기대감도 슬쩍 내비쳤다.

같은 시각, 고정 방문자 수가 상당한 어느 커뮤니티에 도진을 저격하는 글이 올라왔다.

올해로 스무 살이 된다는 여성은 자신이 고등학교를 자퇴하기 전부터 도진과 교제했으며 그러다 임신을 했고, 성인이 되자마자 결혼하겠다는 약속을 받았다고 했다.

도진의 말만 믿고 태교에 전념했는데 어느 순간 차가워진 그가 중절 수술을 요구했다고 덧붙였다.

수술하지 않으면 더 이상 만나 주지 않겠다는 위협에 어쩔 수 없었다고, 차디찬 수술대 위에 누워 펑펑 울었다고.

참 기발하고 신선한 소설이군. 도진은 그렇게 생각했다.

안 그래도 날카로운 성격에 일에만 파묻혀 지내느라 여자랑 사적으로 얘기를 나눠 본 건 대학 시절이 마지막인 것 같았다. 하지만 사람들 생각은 달랐다.

"권도진, 넌 이제 끝났어."

도진이 클리닉 간판을 올려다보며 자조했다.

아파트 단지를 거닐고 있는데 여자들이 수군거리며 제 아이를 데리고 자리를 피한 게 사흘 전이었다. 가슴을 드러낸 여고생 사진으로 현관문 바깥쪽을 도배당한 게 오늘 아침 일이고.

프로젝트가 엎어진 건 언급할 가치조차 없었다. 그는 지금 경찰 조사에 응해야 할 판이었다.

"……그 새끼가 여잔지 남잔지 드라마 좀 본 열 살짜리인 지도 모르는 판에. 망할."

도진은 처방받은 약봉투를 쓰레기통에 처박아 버리고 편의점에 들어가 양주 두 병을 샀다. 그다음, 찰랑거리는 호박색 액체를 이틀째 아무것도 먹지 못한 속에 들이부었다. 한병을 채 비우기도 전에 헛구역질이 일었다.

자포자기 상태로 정처 없이 걷기를 한 시간. 벤치에 무너지듯 주저앉은 그의 눈에 귀여운 글씨체의 문구가 들어왔다.

식물로 당신의 마음을 치료하세요.

사기를 쳐도 정도껏 해야지.

그는 조롱 어린 눈으로 문구를 한참이나 쳐다보다가 마침 화분에 물을 주러 나온 여직원을 걸고 넘어졌다. 여자는 식물 효과를 제대로 보고 있는 모양인지 두 볼에 생기가 가득했다.

"얼마야?"

"……네?"

"얼마냐고, 저거. 마음을 치료해 준다며? 비싼 정신과 상담의도 못 고치는 걸 식물이 고쳐?"

일하러 나왔다가 봉변을 당한 아가씨는 실로 당황한 기색이었다. 몇 걸음 떨어진 거리에서도 술 냄새가 확 느껴졌는지 코를 찡그렸다가 도진의 눈치를 살폈다.

조금만 더 거칠게 군다면 경찰에 신고할 태세라, 도진은 자신이 이미 경찰도 주목하고 있는 인간이라고 알려 줄까 말까 고민했다.

"됐어. 집어치워."

도진이 손바닥에 얼굴을 묻었다. 몸 상태도 기분도 벼랑 끝에 내몰려 있었다. 10년 전의 자신은 상상도 못 할 재력을 갖고, 하고 싶은 일을 하는데 왜 이렇게 괴로운 걸까.

자신만만한 데뷔 이후, 사람들이 열광해 주는 게 좋았다. 혼자 그림을 끄적일 때는 모르던 환희와 만족감이 그를 마약처럼 취하게 했다.

그게 문제였을까. 애초에 연예인도 아닌 주제에 사람들의 관심을 독차지하려 했던 게 지금 같은 상황을 초래한 건가.

도진은 깨달았다. 6년이 지난 오늘에서야, 뼈에 사무치게 깨달았다. 자신의 본분은 유명인도 연예인도 아닌 그림쟁이라는 걸.

그림을 그리지 않고선 견딜 수 없다. 사람들의 관심은 달콤하지만 그중에서도 제 그림에 대한 관심이 가장 좋았다.

그렇기에 더욱 버티기가 힘들었다. 증거 하나 없는 가당찮은 루머 때문에 소중한 그림을 접어야 하는 현실이.

내가 바란 건 이런 게 아니었다고. 10년 전의 권도진이 꿈꿨던 건 이런 게…….

남자가 술에 취해 길에서 우는 것만큼 꼴불견은 없다고 여겨온 도진이지만 더 이상은 견딜 수가 없었다. 아무에게도 기대지 못하는 현실이 그의 몸을 덜덜 떨리게 만들었다.

끝이다.

"……저기요."

누군가 어깨를 살짝 건드리며 그를 불렀다. 도진은 결국 꽃집 여직원이 경찰을 부른 건가 하고 생각했지만 그렇다 하기엔 손길이 너무 조심스럽고 부드러웠다.

"저, 괜찮으세요?"

주저하는 목소리에 그는 손바닥으로 눈가를 훔치며 얼굴을 들었다. 눈물이 얼룩지지 않았으면 싶었으나 그렇다 해도 상관없었다. 눈물 따위가 뭐라고. 권도진 자존심은 일찌감치 끝장났는데 말이다.

불그스름한 눈으로 쏘아보자 상대가 흠칫 놀랐다. 도진의 눈높이에 맞춰 쪼그려 앉은 여직원이 그를 살펴보고 있었다.

"사람 불러 드릴까요? 병원에…… 가 보지 않으셔도 괜찮겠어요?"

마침 병원에서 오는 길이라는 게 아이러니하다. 그는 자신을 향한 낯선 이의 걱정에 어떻게 반응해야 할지 몰라서 침묵을 고수했다.

여자가 도진의 앞에 뭔가를 들이밀었다. 화분인 줄 알았더니 머그컵이다.

"좀 드세요. 오늘 날씨, 꽤 춥잖아요."

여자의 걱정스런 눈길이 그에게 닿았다.

도진은 그제야 자신의 허술한 옷차림을 자각했다. 티셔츠에 가을에나 입을 법한 얇은 야상을 걸친 게 전부였다. 목도리나 흔한 장갑조차 하지 않았다.

생활이 엉망이라 계절감까지 잊었나 보다. 여자가 그를 노숙자로 착각했다 해도 놀랍지 않았다.

"……이게."

"데운 우유예요. 혹시 우유 싫어하시면……."

싫어하지도 좋아하지도 않지만 모락모락 김을 피워 내는 온기가 좋아서 도진은 컵을 감싸 쥐고 가만히 있었다. 한 모금 들이켜니 연한 단맛이 입안에 퍼져 나갔다.

"꿀을 조금 넣었어요."

여자가 눈치를 보면서 덧붙였다. 그럼에도 도진이 가타부타 말이 없자 한동안 그를 지켜보다가 다시 일을 하러 돌아갔다.

한 모금, 또 한 모금. 도진은 전혀 새로운 것을 대하듯 따끈한 우유를 내려다보며 그것을 아껴 마셨다.

1월의 꽃은 앵초, 꽃말은 첫사랑과 행운입니다.

칠판 모양의 입간판이 눈에 들어왔다. 도진은 그 문구를 보며 새삼 새해가 된 지 3주밖에 지나지 않았음을 상기했다. 아직 첫 달도 지나지 않았다. 자신은 남은 열한 달을 무사히 버텨 낼 수 있을까.

그는 마지막 한 모금을 들이켜곤 벤치 위에 머그컵을 내려놓았다. 여전히 열한 달치 확신 같은 건 없었지만 살을 에는 듯한 추위가 몰아쳤다.

비로소 추위가 실감났다.

그래, 이것이 지우와의 첫 만남이었다. 정작 호의를 베푼 당사자는 기억하지 못하지만, 무방비하게 호의를 받아 버린 도진은 머릿속에 맴도는 그녀를 지우지 못했던 순간이었다.

길을 지나다 이끌리듯 꽃집을 방문한 게 그로부터 몇 주 뒤. 보이는 대로 식물을 사들이기 시작한 것도 그때부터였다.

　　　　✦　　　　✦　　　　✦

〈작가님, 통화 가능하세요?〉

〈아뇨.〉

〈아……. 다름이 아니라 일정이 좀 변경되어서요. 예정보다 한 달 앞당겨야 할 것 같은데 혹시 가능하신지요.〉

　도진은 못마땅한 눈으로 메신저 창을 노려보았다. 그러고 있으면 담당자의 얼굴에 구멍을 뚫을 수 있기라도 하듯이.

　여유 분을 만들어 두었지만 한 달이나 앞당기면 실시간 연재가 불가피해진다. 숨이 깔딱깔딱 넘어가는 실시간 연재는 다음 생에도 못 할 짓이라는 건 자명한 사실이다.

　한 달은 무리, 까지 썼을 무렵 상대가 기가 막힌 선공을 날렸다.

〈마릴링 작가님은 오케이하셨습니다!〉

　잘생긴 얼굴이 참혹하게 일그러졌다. 오랜 기간 준비했다가 엎어진 프로젝트는 바로 타 작가와의 릴레이 연재였는데, 얼마 전 새 업체와 인연이 닿아 계약을 맺었다.

　새 담당자에 새 파트너는 얼핏 보면 스타 작가 도진의 말에 깨갱, 하는 듯했지만 결국엔 이렇게 대담한 뒤통수를 친다는 점에서 소름끼치게 닮았다.

도진에게 절절 매지 않는 점이 오히려 마음에 들어 진행했는데 이쯤 되면 오판이었을까 하는 의문이 들었다.

마릴린이라니, 필명도 꺼림칙하다. 메일만 주고받을 땐 애교 있는 여자 작가인 줄 알았는데 막상 비즈니스 미팅에 나온 인간은 헬스 트레이너 뺨치는 덩치였다.

도진이 한숨을 쉬며 글자들을 지웠다.

회사가 업무를 처리하는 데엔 순서가 있고 이유가 있다. 무작정 떼를 쓰는 게 아닌 거다. 게다가 파트너도 수락했다고 하니 이제 와 도진이 튕기면 곤란할 사람이 많아진다.

담당자가 노린 것도 바로 그 점이겠지만 말이다.

〈알겠습니다.〉

다섯 글자에 최대한의 분노를 실어 보냈다. 메시지를 전송하기가 무섭게 알림 음이 울렸다. 감사하다느니 어쩐다느니 귀여운 이모티콘이라도 보냈으면 채팅방을 나가 버리려고 했는데 보낸 사람이 달랐다.

〈밥 먹었어요?〉

발신자는 '먹잇감'. 요즘 따라 부쩍 도진의 건강을 챙기는 지우였다.

물 주지 마라, 블라인드 걷어 놓았냐 등 식물에 관한 메시지만 보내던 예전과 달리 요즘은 도진에 대해서도 관심을 보였다.

그리고 도진은 이제 지우가 무심한 듯 상냥하게 구는 이유를 알았다. 그의 작품 밑에 달린 악플을 읽었기 때문이다. 어쩌면 포털 사이트에 검색을 해 봤을지도 모르겠다.

그녀는 권도진이란 인간이 보기보다 불쌍하다는 사실을 깨달았다.

본가의 가족들과는 가끔 전화 통화를 할 뿐이고 속내를 털어놓을 친구나 동료조차 변변치 않다는 걸 알아차렸다.

그래서 지우는 병든 식물을 돌보듯, 술 취해 우는 노숙자에게 그랬듯, 도진에게도 연민을 느끼는 중인 것이다.

사랑이 아니었다.

그것만은 확실했다. 남녀 간의 이성적으로 끌리는 느낌을 말하는 거라면 틀렸다. 가까이 접근한 끝에 알게 된 지우는 더없이 다정하고 귀엽지만 정(情)에 있어서는 서운할 정도로 공평한 아가씨였다.

두 번째로 꽃집을 방문할 당시, 자신은 얼마나 바보처럼 안절부절못했던가.

기억할까? 며칠 전 마스크를 쓰고 왔을 땐 옷차림이 너무 달라 기억하지 못했지. 이번엔 일부러 한 달 전과 같은 옷을 입고 왔다. 이러면 그녀가 기억을 떠올려 줄까?

오랜 짝사랑 상대에게 고백하러 가는 남자애처럼, 불안한 눈으로 연신 창가에 비친 제 모습을 체크했었다.

떨리는 손으로 문을 열고 꽃집 안으로 들어갔다. 그녀가 자신을 향해 다가오던 몇 초 동안 도진은 심장이 터져 죽을 것 같다는 기분을 태어나 처음 경험했다.

결과는, 뭐. 지우의 메시지를 응시하던 도진이 힘없이 웃었다. 자판을 두드린 뒤 메시지를 보냈다.

〈생각 없어.〉

아까 전에 냉동실의 국을 데우고 반찬을 꺼내 먹었지만 도진은 일부러 뚱한 답장을 보냈다. 그러면서 속으로 말했다. 관심을 줘, 송지우.

〈무슨 밥을 생각으로 먹어요? 아주머니가 냉동실에 국 얼려 놓은 거 다 아니까 얼른 먹어요.〉

"응, 그거 먹었어."

대번에 날아온 답장에 도진이 소리 내어 대답했다. 지우의 목소리가 음성 지원되는 것 같았다.

이러면 진짜 대화를 하고 있는 듯한 기분이 든다. 애정을 구걸하는 표정을 보여 주지 않고도 그녀와 이야기를 할 수 있었다.

〈이따가.〉

전송 버튼을 클릭한 도진은 책상 위에 쓰러지듯 엎드렸다. 작업실에선 작업만 한다는 규칙은 깨뜨린 지 오래다.

하릴없이 메신저 창을 쳐다보고 있자 지우로부터의 메시지가 떴다.

〈라면 먹기 없기.〉

아무 생각 없이 자판을 두드리려던 도진은 손을 거둬들였다. 읽고도 답장을 안 하면 지우는 약이 오를 것이다. 약 올라 있는 동안은 자신을 좀 더 생각해 줄지 모른다.

스스로도 유치하게 느껴졌지만 별다른 방법이 떠오르지 않았다.

"멍청한 놈……."

지우는 내일 온다. 그녀는 정해진 날이 아니면 도진을 찾아오지 않는다. 상대에게 호감이 생기면 시도 때도 없이 보고 싶다던데 지우는 그러지 않는다. 도진처럼 불쑥 꽃집을 들르지 않는다.

지우는 도진을 사랑하지 않는다.

"이 헤픈 여자야."

도진은 검게 어두워진 폰을 내려다보며 투정하듯 중얼거렸다.

"그 넘쳐나는 정을, 사랑으로 바꿔 볼 생각은 없어?"

폰은 울리지 않았고 도진은 다시 홀로 남았다. 일정이 앞당겨졌으니 미리 일을 더 해 놔야 하는데 작업을 할 마음이 들지 않았다. 태블릿 펜을 드는 대신 그는 눈을 감았다.

잠을 자면 시간이 빨리 간다. 지우의 감정이 자신과 같지 않다고 불평할 여유조차 없는 그는 빨리 내일이 되었으면 싶었다.

어서 내일이 되어서 그녀의 웃는 얼굴을 보았으면 좋겠다고, 도진은 그렇게 생각했다.

❖   ❖   ❖

"한잔하고 갈래?"

지우는 달콤한 로제 와인을 입에 머금으며 일이 어디서부터 잘못되었는지 곰곰이 되짚었다. 아무래도 시작은 도진의 제안이었던 것 같다. 늦어서 미안했다며 현관으로 향하는 그녀를 불러 세운 그의 한마디.

라면 먹고 갈래, 는 피식 웃을 수라도 있다. 한잔하고 가겠냐는 말은 느낌부터가 달랐다. 동서고금을 통틀어 이토록 노골적인 대사가 있을까?

그러나 제안을 한 당사자가 다른 누구도 아닌 권도진이었기에 지우는 정색하며 뿌리칠 수가 없었다.

어제부터 아까 지우가 오기 전까지 계속 일만 했다는 사람이, 자기도 남들처럼 '불금' 기분을 내 보고 싶다는데 차갑게 거절하기가 좀 그랬다.

소주나 맥주도 아니고 와인 정도는 괜찮지 않을까.

그래서 한 잔 건네받았다. 서서 마시기는 이상해서 어중간하게 소파에 걸터앉았더니 그가 거실의 불을 껐다.

추궁하지 않기로 마음먹은 사안이지만, 키스해 놓고 언제 그랬냐는 듯 입을 싹 닦은 전적이 있는 남자이기에 자연히 지우의 경계심이 높아졌다.

"여기 야경이 의외로 괜찮아."

도진이 그렇게 말하며 지우를 지나쳐 베란다 쪽으로 걸어 갔다. 와인을 한 모금 들이켠 그가 음악을 깔지 않아도 되냐 고 물었다. 지우는 고개를 내저으며 음악까지 깔았다간 일찌 감치 도망쳤을 거라고 속으로 생각했다.

그녀의 대답에 만족한 듯 도진이 슬쩍 웃었다.

"하긴, 음악은 별로지."

어둠이 내려앉은 창밖을 보며 그가 덧붙였다.

"음악을 깔면 말이 없어지거든."

지우는 그럼 전국의 카페 손님들은 무슨 경우냐고 되묻는 대신 와인을 홀짝였다. 적당히 마시고 치우겠다던 결심을 흔 들리게 할 만큼 입에 딱 맞는 와인이다.

도진에게 제품명을 물어보고 너무 비싸지만 않다면 나중 에 다시 구입하고 싶을 정도로 달콤하고 깔끔했다. 다가올 친구 생일에 꺼내 놓으면 센스쟁이로 칭찬받으리라.

"소리 위에 소리를 끼얹는 건 과하다고…… 한 잔 더 줘?"

지우를 돌아본 그가 조금 놀란 듯 물었다. 그 소리에 지우 는 자신이 벌써 잔을 비웠음을 깨달았다.

도수도 높지 않은 것 같고 무엇보다 자신은 와인 몇 잔에 헤롱거리는 여자가 아니다. 잠시 고민하던 그녀는 흔쾌히 잔 을 내밀었다.

"송지우 양, 좀 달리는데?"

도진이 와인을 따르며 짐짓 장난스럽게 말했다.

"와인 갖고 무슨. 한창 달리는 새내기 땐 깡소주 한 병도 끄떡없었어요."

지우가 큰소리를 치며 잔을 받았다. 조용한 거실에 제 목소리만 너무 튀는 것 같았으나 도진이 씩 웃는 순간 두근거린 마음을 감추려다 보니 그렇게 됐다.

세상은 불공평하다. 도진은 재능도 있고 재력도 있고 가슴 내려앉게 섹시하기까지 한데 지우는 오늘 그가 술을 권한 이유를 물을 수조차 없었다. 괜히 물었다가 설레발치는 여자가 될까 봐 걱정스러웠다.

잔소리 주제가 식물에서 도진의 생활 습관으로 넘어가는 것까진 그럭저럭 괜찮을 수도 있다. 원래 간섭이 좀 심한 여자라고 생각하면 그만이겠지. 하지만 '오늘 왜 하필 나예요?'라는 질문은.

지우는 한숨을 참으며 와인을 마셨다. 왠지 매달리는 것 같고 뭔가를 기대하는 것 같잖아. 마침 옆에 있는 게 너라서, 라는 대답을 들으면 어쩔 건데. 여자에게 그만큼 자존심 상하는 말은 없다.

"그래도 너무 빨리 마시는 거 아닌가?"

지우는 부루퉁한 얼굴로 도진을 쳐다보았다. 물어보지 않기로 마음먹었던 말들과 차마 할 수 없는 말들이 그녀 안에서 맴돌았다.

내가 쉬워 보여요, 권도진 씨? 아무리 사후 관리라지만 겁도 없이 남자 혼자 사는 집에 들락거리는 여자, 건드려 봐도 되겠다 싶어요? 저번에 키스도 그런 생각으로 한 거예요?

술김이란 핑계도 있겠다, 지우는 어둠 속에 표정을 감춘 채 마구 따져 묻고 싶었다. 도진에게서 속 시원한 대답이 나올 때까지 밀어붙였으면 좋겠다.

상상은 나쁜 쪽으로만 가지를 뻗어 나간다. 자신이 떠올릴 수 있는 말들 중 가장 날카롭고 잔인한 말을 떠올린 순간, 지우는 스스로에게 한심함을 느끼고 모든 가시를 거둬들였다.

못났다. 평소엔 어른들로부터 일찍 철들었다고, 또래답지 않게 생각이 깊다는 칭찬을 독차지하면서 유독 도진에게만 아이처럼 굴고 있었다.

그가 오늘 지우에게 한잔을 청한 건 진짜 그의 옆에 있는 사람이 지우뿐이기 때문이다.

가족이 있지만 그분들은 도진을 사랑하는 것과는 별개로 그의 직업에 관해서는 말을 아꼈다.

딱히 친구라 할 만한 사람은 없었다. 업무로 만난 사람들과는 철저하게 선을 지켰다.

대신 그에게는 넘쳐나게 많은 악플이 있었다. 납득이 가지 않을 만큼 어마어마한 혐오와 분노를 품고 그에 대한 욕으로 인터넷을 도배하는 사람들.

자신이 작가라면 어깨가 으쓱해질 칭찬도 많았지만 언제나 나쁜 것은 좋은 것을 아무것도 아닌 양 만들어 버리기에.

지우는 문득 이런 의문이 들었다. 자신을 알기 전의 도진은 지난 크리스마스를 어떻게 보냈을까? 어떤 새해를 맞았을까? 그 많은 금요일 밤을 어떤 식으로 보내 온 걸까.

불 꺼진 거실, 지금 자신이 앉아 있는 소파에 이렇게 가만히 앉아 창밖을 내다보는 도진의 모습이 그려졌다.

작업을 하는 동안 꺼 둔 인터폰을 켜고 폰의 볼륨도 높이지만 아무도 연락하지 않는 밤.

"고마워."

그가 지우에게 말했다.

"이거저거 묻지 않고 남아 있어 줘서."

예상치 못한 감사 인사가 돌아왔다.

"책임감 있게 끝까지 사후 관리하는 것도 인상적이고. 아직, 고맙단 말을 못 한 것 같은데 저번에 구급차 불러 준 것도 그렇고."

끝날 듯 이어진 한마디가 있었다.

"키스도 그렇고."

너무 뜻밖의 언급이라 지우는 그게 무슨 뜻이냐고 되물을 타이밍을 놓치고 말았다. 그녀에게서 아무 대답이 없자 도진이 쓰게 웃었다.

"아무리 내가 변태 같대도 안면 튼 지 얼마 안 된 여자에게 막 키스할 만큼 미친놈은 아니야."

머리가 다소 혼란스러웠다. 지우는 도진의 말을 따라가려고 애쓰다가 정신이 몽롱해지는 것을 느꼈다. 빨리 마신 와인의 취기가 슬슬 도는 듯했다.

그래서였을까. 한 번도 언급하지 않았던 민감한 주제도 불쑥 입 밖으로 꺼낼 수 있었다.

"변태, 미친놈, 악질. 그런 말 듣기 싫어요."

들을 때마다 가슴 한구석에 걸리던 표현이었다. 웃는 얼굴로 서슴없이 자신을 깎아내리던 도진이 마음에 들지 않았다.

"왜 자꾸 나쁜 사람인 척하죠? 권도진 씨, 그렇게 못된 사람은 아니잖아요. 진짜 변태에 악질은 도진 씨처럼 말하고 다니지 않는다구요."

도진이 대답하려 했다. 비뚜름하게 웃는 얼굴에서 그가 이번에도 시니컬한 농담으로 넘어가려 함을 눈치챌 수 있었다.

조금은 솔직해도 될 텐데. 오늘 밤, 잠깐 정도는 내려놓아도 될 텐데 끝까지 벽을 치고 버티려는 그가 미우면서도 안쓰러웠다.

"그렇게 굴면 상처를 좀 덜 받는 기분이 들어요?"

그래서 지우는 직구를 던졌다. 순간 어깨까지 뻣뻣하게 굳는 도진의 뒷모습이 눈에 들어왔다. 스트라이크.

한동안 이어진 침묵을 먼저 깬 쪽은 지우였다.

"어릴 때부터 꽃과 나무가 좋았어요. 정말 미치게 좋아서, 내가 꽃의 나라 공주인 줄 철석같이 믿고 방과 후 시간을 보냈죠."

잔잔히 가라앉은 그녀의 목소리가 물결처럼 퍼져 나갔다.

"그러다 대학에 진학했고 남들과 비슷한 수순을 밟았어요. 토익, 자격증, 학점, 스터디, 취업 설명회. 3학년이 끝날 즈음엔 벌써 은퇴를 하고 싶은 기분이 들더라구요. 선배들은 아직 시작도 안 했다고 말하는 판에 말이에요. 애꿎은 엄마한테까지 신경질을 부릴 만큼 진짜 심신이 너덜너덜해져서 이번 방학만큼은 내 맘대로 하겠다, 선언하곤 집을 뛰쳐나갔어요."

그때 그 순간이 떠올랐는지 지우가 소리 죽여 쿡쿡 웃었다.

"그렇다고 막 거창하게 가출을 한 건 아니에요. 그냥 여기저기 돌아다니다가 해질녘이면 귀가하곤 했죠. 언제였지. 화요일인가. 어쩌면 수요일인 것도 같은데……. 카페 창가에 앉아 있는데 건너편 꽃집을 보고 있는 것만으로도 너무 행복한 거예요. 마시던 커피도 버려두고 홀린 듯이 가서 화분을 들여다봤어요. 그날도, 그다음 날도 꽃집 앞에 가서 하염

없이 보기만 했어요. 친해지고 난 다음, 주인 아주머니가 말씀하시더라고요. 꽃집 어때, 아가씨? 절대 쉬운 일 아니라 함부로 권하지도 않지만 아가씨 같은 사람은 해야 될 것 같아."

해도 될 것 같다, 가 아니라 해야 될 것 같다는 말에 지우는 그날부터 아주머니의 말만 떠올리기 시작했다. 머릿속에서 수천 번은 되풀이했을 거다.

꽃집을 연다. 하루 종일 꽃과 식물을 돌보며 손님들에게 정성 들여 가꿔 내는 기쁨을 알려 준다. 그 옛날, 어린 지우가 행복해했던 것처럼 사람들도 따스해질 수 있다.

"꽃집을 해야겠어. 그렇게 결심한 순간 모든 게 명확해지는 기분이었어요. 살면서 그만큼 확신을 가진 적이 없었죠. 서울 시내에 번듯한 가게 하나 내는 데 보증금만 얼만 줄 아느냐며 기겁하는 가족들도, 생뚱맞게 무슨 꽃집이냐고 핀잔주는 동기들도. 그들 심정도 이해는 가지만 불도저 같은 송지우를 말리기엔 역부족이었을걸요."

2년 뒤 지우는 꽃집 'Song'을 오픈했다. 예쁜 간판이 파란 캐노피 지붕 위로 올라가던 날, 그간의 고생이 떠올라 친구를 부둥켜안고 엉엉 울었다.

누구보다도 열심히 꾸미고 다닐 시기에 립스틱 하나 허투루 사지 않았다. 무더운 한여름, 땀과 피로에 전 몸으로 예전 남자 친구 일행과 마주쳤을 땐 여자로서 비참한 기분마저 들었었다.

"그리고 개업 한 달 뒤였나. 연락이 좀 늦게 돌았는지 그제 야 동기들이 먹을 걸 들고 가게를 찾아왔어요. 야, 꽃집 개업 했는데 축하 선물로 꽃을 들고 오긴 좀 그렇더라. 뭐 이런 농 담을 하면서 열 명쯤 왔기에 약소하나마 화분이라도 하나씩 들려 보냈죠."

그리고 그날 술자리에서 잠시 화장실을 갔다가 돌아온 지우는 본의 아니게 동기들의 말을 엿듣고 말았다.

"역시 있는 집 애들은 좋겠어. 아빠, 가게 내고 싶어. 이러면 떡하니 차려 주고."

"야, 나도 돈만 있으면 사장님 하고 싶다. 사이코 사수한테 시 달리는 일 없이 출퇴근 편히 하고 싶다고."

"새끼야, 넌 취직이라도 했지. 난 이번에도 광탈이야."

사정 모른 채 남의 속을 후벼 파는 이야기는 그 후로도 한 참 이어졌다.

듣다 못한 한 여자 동기가 말 좀 가려 하라고 면박을 주었 고, 눈물이 핑 도는 것을 참고 버티던 지우는 타이밍을 놓치 지 않고 웃는 낯으로 들어갔다.

"우리 아빠, 평범한 공무원이시거든요. 지금이야 경쟁률이 높다지만 아빠 땐 딱히 할 거 없는 사람들이 택하는 직업이었고. 아…… 이러면 그분들께 실례가 되려나. 하지만 어릴 때부터 수도 없이 들은 말이라. 하하, 어쨌든 딸 가게 보증금 보태 주고 나면 노후 보장 곤란하신 분이란 말이죠."

대학 학비에 생활비, 용돈까지 지원해 주셨는데 거기다 목돈까지 내놓으라고 할 순 없었다. 그래서 지우는 정말 치열하게 살았다. 아르바이트라곤 친구와 방학 때 재미 삼아 해 본 게 전부이던 생활은 끝이었다.

나중엔 부모님이 보태 줄 테니까 제발 좀 받으라고 할 정도였다. 일터에선 젊은 아가씨가 사채를 썼다는 소문이 나돌았다. 지금 떠올려 보면 다시 하래도 못 할 짓이다.

"가게 안정시키기까지 1년이 꼬박 걸렸어요. 이젠 단골손님도 확보했지만 그래도 아직 부족해요. 통계에 따르면 창업자의 절반 이상이 3년 내에 망한대요. 나, 은행 대출금 갚으려면 얼마나 걸릴지 몰라요. 그런데…… 그것도 모르고 걔들이 하는 말을 듣고 있자니."

고등학교 때부터 함께해 온 지우의 친구들은 얘기했다. 그건 널 모르는 사람들의 의견일 뿐이야. 거기에 상처받지 마.

지우도 알고 있다. 알고 있는데.

아는 것과 받아들이는 것은 달랐다. 힘들게 쌓아 온 자신의 노력을 한순간 하찮은 것으로 만들어 버릴 때, 그녀를 집어삼키던 억울함과 상처는 이루 말로 표현할 수가 없었다.

친구들이 아니었다면 버틸 수 없었을지도 모른다. 그 새끼 어디 사는 누구냐며, 한밤중에 당장이라도 죽이러 나갈 듯 화내던 남동생이 그때만은 듬직하게 보였다.

자신을 위로해 주고 자신을 위해 화내 주던 자신만의 사람들.

도진에게는 그렇게 기댈 이가 없었다. 그 상태로 지우가 경험한 것보다 훨씬 심한 일을 몇 년째 겪고 있다. 힘든 심정을 누구에게도 토로하지 못하고 어두운 작업실에 틀어박힌 채로.

혼자인 그가, 너무 안타까웠다.

지우의 목소리가 점점 잠겨 들더니 이내 말을 잃었다. 도진이 이쪽으로 다가오려 했다.

우는 모습을 보여 주기가 싫은 지우는 빈 잔을 내려놓고 창가로 갔다. 그를 등지고 있으려니 다음 말을 하기가 조금 더 수월한 기분이 들었다.

"힘들지 않아요, 도진 씨?"

눈물이 뚝, 지우의 볼을 타고 떨어졌다.

"……쉬어 가도 돼요."

내 곁에서는. 미처 하지 못한 말이 공기 중에 스며들었다.

"우는 거야?"

도진은 이쪽을 보지 않으려는 지우를 부드럽게 돌려세웠다.

흐트러진 모습을 보여 주기 싫은 모양인지 여전히 얼굴은 모로 튼 채 지우가 고개를 내저었다. 그러자 굵은 눈물방울이 후두둑, 떨어졌다.

"울지 마."

"안 울어요."

울먹이는 목소리로 그렇게 말한다. 어떻게든 눈물을 참아 보려는 듯 입술을 꼭 깨물었다. 지우의 젖은 뺨을 쓸면서 그는 버석거리던 상처가 어루만져지는 것을 느꼈다.

어제까지만 해도 그는 지우가 자신을 사랑하지 않는 것에 서운해했다. 그런 한편 자신에겐 투정하고 선택할 여유조차 없다는 사실을 받아들였다.

하지만 오늘 밤 이렇게 울어 버리면, 자신을 대신해 화내 주고 슬퍼해 주면 도진은 조급해지고 만다.

어쩌면 지우의 마음도 자신과 비슷할지 모른다는 성급한 기대를 품게 된다.

"약한 모습을 보여선 안 돼. 특히 내 앞에서는."

지우가 벗어나려는 듯 몸을 뒤로 뺐다. 확실히 둘 사이의 거리는 너무 가까웠다.

그런데 어쩌지, 송지우. 난 널 놓아줄 생각이 없는데. 눈물로 얼룩진 지우의 얼굴이 그의 시선을 사로잡았다.

"약점을 잡게 되면 이용하고 싶어지니까……."

실수였다고 해도 들어주지 않을 것이다. 한번 손아귀에 움켜잡은 이상 순순히 보내 줄 생각 따윈 없었다. 도진은 너무 지쳤고, 너무 허기졌으며, 지우가 너무도 필요했다.

"아……."

하얀 목덜미에 내려앉는 입술에 지우가 작게 신음을 흘렸다. 고개를 뒤로 젖혀 봐도 오히려 더 많은 곳을 허용하게 될 뿐이었다. 도진의 입술이 보드라운 피부를 짙게 빨아들이며 조금씩 아래로 내려갔다.

지우의 살은 달았다. 티 한 점 없는 우윳빛 피부 위로 아른거리는 체취가 그를 흠뻑 취하게 만들었다. 빨아들이고 핥고 깨물수록 만족스러움과 허기가 동시에 커져 갔다.

그는 탐욕스런 사내처럼 여린 살을 크게 베어 문 뒤 천천히 지우의 몸을 쓸어내리기 시작했다.

"으읏, 도진 씨……."

굵게 꼬아진 아이보리색 니트 원피스 위로 도진의 손이 움직였다. 쇄골을 부드럽게 문지르던 손가락이 굵은 매듭을 따라 밑으로 내려갔고 얕게 오르내리길 반복하는 가슴을 한 움큼 틀어쥐었다.

지우에게서 가냘픈 비명이 터져 나왔다. 도진은 그게 예뻐서 견딜 수가 없었다. 그의 손이 분명한 의도를 갖고 가슴을 제 것인 양 주물러 대자 지우가 몸서리를 치며 빠져나가려고 했다.

"넌 오늘 못 가."

그녀의 귓가에 더운 숨을 밀어 넣으며 도진이 속삭였다. 그러고는 반항하는 말 같은 건 듣지 않겠다는 듯 말랑한 귓불을 쪼옥, 입안으로 삼켰다.

혀끝을 세워 살살 굴리는 감각에 지우는 눈을 질끈 감고 신음을 참았다. 몸이 예민해지기 시작했다. 살갗이 달아오르고 솜털이 곤두섰다.

머리는 도진을 밀어내고 집 밖으로 나가야 한다고 생각하는데 지우의 몸은 통제 불능 상태에 접어들었다.

그가 주는 감각이 아찔하고 달콤해서 도진의 손에 모든 걸 맡겨 버리고 싶었다. 이대로 그에게 삼켜져도 좋을 것 같았다. 아니, 그걸 바랐다.

이를 세워 잘근잘근 귓불을 깨물던 도진이 갑자기 못 견디겠다는 듯 짜증 섞인 한숨을 쉬더니 지우의 턱을 잡아 들어 올렸다.

입술과 입술이 겹치고 뜨거운 혀가 밀려들었다. 그것을 기점으로 농도 짙은 키스가 이어졌다.

저번에도 느낀 거지만 도진의 키스는 정도가 지나치게 야했다. 각도를 틀어 가며 혀뿌리가 아릴 때까지 쓸고 비비던 그는 지우의 혀가 마치 사탕이라도 되듯 소리를 내며 빨아 올렸다.

츄릅, 하고 타액이 얽히는 소리가 지우의 귀에 너무 크게 들렸다. 거기다 도진은 키스를 하는 내내 그녀의 가슴을 가만두지 않았다.

강한 자극이 아래위로 몰아치자 지우의 몸이 중심을 잃고 흔들렸다. 자칫 무너지려는 그녀를 받쳐 안은 도진이 입술을 떼더니 느닷없이 지우를 돌려세웠다.

몽롱한 정신의 끝에서 얼떨결에 유리창에 두 손을 짚고 선 지우는 창문에 흐릿하게 비치는 자신을 마주하고 깜짝 놀랐다.

굉장히 야릇한 표정을 지은 여자가 거기에 있었다.

"거울이었으면 더 좋겠지만 침실까지 갈 여유가 없어서. 이걸로, 만족해야겠어."

그녀의 뺨에 대고 도진이 나른하게 말했다. 열기에 번들거리는 시선은 창문 속 지우에게 고정된 상태였다.

손바닥 아래로 느껴지는 유리의 서늘하고 이질적인 감촉에 손가락을 그러모으던 지우는 다음 순간, 도진의 말뜻을 알아차렸다.

그녀에게서 시선을 떼지 않은 채 도진이 가슴을 주무르던 손을 더 아래로 내렸다. 날씬한 배를 타고 스멀스멀 내려간 손바닥은 골반을 지나 다리 사이로 들어가나 싶더니 살짝 방향을 틀어 허벅지에 닿았다.

그의 손이 갈고리처럼 원피스 자락을 움켜쥐고 느리게 끌어 올리자 단정한 무릎 위 길이이던 치마가 점점 올라갔다. 니트의 털실이 살색 스타킹과 맞물려 간지러운 정전기를 일으켰다.

발끝이 오므라드는 자잘한 쾌감에 지우가 다리를 움츠렸지만 어느새 도진의 손이 들어와 틈을 벌렸다.

거미줄처럼 얇은 스타킹을 사이에 두고 온기가 느껴지는 손바닥이 지우의 허벅지를 문질렀다. 위아래로 쓸고 꽉 쥐었다가 놓을 때마다 가녀린 몸이 떨렸다.

안달이 났다. 입안이 말라서 지우는 힘겹게 침을 삼켜야 했다.

"그, 그만."

어떻게 해소해야 할지 짐작도 되지 않는 열기가 자꾸만 그곳에 고여서 지우는 흐느끼듯 애원했다.

원래 섹스가 이렇게 야한 행위였나. 다른 사람들도 다 이런 식으로 하는 걸까.

도진은 옷 한 겹도 벗기지 않았는데 지우는 벌써 온몸이 녹아내린 기분이었다.

"우린 아직 시작도 안 했어……."

도진의 낮게 잠긴 목소리가 그녀를 일깨워 주었다. 허벅지를 배회하던 그의 손이 서서히 매끈한 다리를 타고 올랐다. 면 소재의 짧은 속바지가 잡혔고 이내 끌어내려져 지우의 발치에 툭 떨어졌다.

그 작은 소리에 자극당했는지 도진이 이를 지그시 악물고 지우를 더욱 강하게 노려보았다.

부담스러운 시선. 눈으로 당하는 느낌에 지우가 시선을 피하려고 하면 그는 어김없이 턱을 잡아 창문을 보게 했다.

"흐으으."

도진의 손가락이 다리 사이를 파고들더니 촉촉이 젖은 두덩 위에 내려앉았다. 얇은 스타킹과 브리프로 싸여 있지만 그래서 오히려 더 애가 닳았다.

그가 손가락에 힘을 싣고 갈라진 틈새를 비비자 지우는 저도 모르게 허리를 들썩였다.

찌이익.

스타킹이 찢겨져 나갔다. 갑작스런 노출에 놀랄 겨를도 없이 도진의 손가락이 브리프 사이로 파고들었다.

맨살이 맞닿는 충격은 엄청났다. 이미 폭 젖은 지우의 속살은 단단한 손가락을 기쁘게 머금었고 두 사람 모두 서로를 느끼며 표정을 일그러뜨렸다.

손바닥으로 두덩을 감싼 채 도진이 중지 끝으로 가운데 길을 부드럽게 긁었다. 처음 대하는 지우의 몸을 익히려는 듯, 그는 서두르지 않고 탐색을 계속했다.

어디를 건드렸을 때 지우가 바들바들 떠는지, 어느 강도로 쓸어 올리면 신음을 흘리는지, 그는 궁금한 게 퍽 많은 듯 보였다.

"그림을 그리기 위해선 조사가 필요하지. 내가 경험은 없어도, 머릿속에 든 건 차고 넘치게 많거든."

그의 손가락이 곱게 다물린 틈을 비집고 들어왔다.

손가락 하나를 넣는 데에도 내벽을 꼼꼼히 더듬으며 들고 나기를 반복해서 지우는 제 몸 안에 들어온 도진을 뚜렷이 느낄 수 있었다.

물을 머금어 부푼 속살이 애타게 조여드는 가운데 그가 다른 손가락을 더 밀어 넣었다.

아찔한 감각에 지우가 손톱을 세워 유리창을 긁었다. 빠드득, 하는 소리는 그 뒤로도 쭉 이어졌다.

"야한 생각만 하고 사는 거 인정해."

"흐윽……"

"송지우를 알게 된 이후로 그 대상은 항상."

너였어, 라는 말과 함께 그가 지우의 안에서 손가락을 톡

톡톡 움직였다. 내벽을 휘저으며 둥글게 원을 그리다가 다시 한 지점을 두드리듯 누르곤 했다.

빠른 속도로 차오르는 열기에 지우의 입에서 앓는 소리가 새어 나왔다. 그녀의 엉덩이는 흡사 유혹하는 여자처럼 제멋대로 움직이며 도진의 하복부를 문질러 댔다.

들어와요. 어떻게든 좀 빨리.

나긋한 몸이 도진을 향해 늘어졌다. 그녀의 허리를 감싸고 있는 탄탄한 팔 위로 제 손을 미끄러뜨리며 지우는 자신이 이토록 요염하게 굴 수 있는 여자인 줄 처음 깨달았다.

반응은 즉각 왔다.

"젠장."

그가 짧게 욕설을 뱉어 내며 손가락을 뺐다. 갑자기 생겨난 빈틈을 메우기 위해 지우의 내벽이 얼얼하도록 강하게 맞물렸다.

순간 균형을 잡지 못해 푹 꺾이는 몸을 그가 받쳐 안았다. 그러더니 창가에서 그녀를 떼어내 검은 가죽 소파 위로 쓰러뜨렸다.

웬만한 싱글베드 못지않게 큰 소파는 푹신하기까지 해서 유리창에 손을 짚고 버티던 방금 전보다는 몸이 훨씬 편했다. 잠시나마 찾아든 편안함에 지우가 나른한 한숨을 내쉬자 도진이 성마르게 웃었다.

이제 형체도 알아볼 수 없게 너덜너덜해진 스타킹이 완전히 벗겨졌다. 젖은 브리프도 끌려 내려갔다. 얼핏 지퍼 내리는 소리를 들은 것 같아서 지우는 눈을 감은 채 마음의 준비를 했다.

처음은 좀 아프다고 한다. 이건 어쩔 수 없겠지. 그래도 지금껏 몸이 녹신녹신해질 만큼 기분 좋았으니 약간의 통증은 견뎌 낼 수 있다고 생각했다.

"아, 잠깐만요!"

뒤늦게 피임이 떠올랐다. 콘돔 없이는 절대 안 된다는 생각에 정신이 번쩍 들었다. 하지만 튕기듯이 몸을 일으킨 지우는 아직 소파 위에 올라오지 않고 바닥에 무릎을 꿇고 앉아 있는 도진의 모습에 의아함을 느꼈다.

"거기서 뭐해요……?"

왠지 모를 불안함에 희미하게 떨리는 말끝. 지우와 눈이 마주친 도진이 한쪽 입꼬리를 씩 밀어 올렸다. 아주, 상당히 나쁜 계략을 꾸미는 악당의 표정을 하고.

지우의 다리 사이에 얼굴을 파묻었다.

"으흑, 흑, 아앗."

지우의 가냘픈 허리가 자꾸만 공중으로 튀어 올랐다. 그녀가 빠져나가려고 몸부림을 칠 때마다 도진은 두 다리를 더욱 활짝 벌렸다.

핥고 싶었다. 한시라도 빨리 딱딱한 몸을 지우의 안에 밀어 넣고 싶은 욕심만큼이나 그녀를 맛보고픈 마음이 컸다.

그곳을 혀로 자극하면 눈앞이 아찔해진다는데. 하긴, 제것을 입에 머금은 지우를 떠올리기만 해도 인내심이 위태로울 정도이니 역으로 작용하기도 하는 거겠지.

도진이 혀를 길게 내어 파르르 떠는 속살을 핥아 올리자 지우가 허리를 흔들며 울먹였다. 그의 입가는 이미 타액과 말간 점액으로 범벅이 되어 있었다.

"도진 씨, 그만해요. 제발……."

예쁜 입이 얄미운 말을 한다. 아직도 그를 밀어낼 정신이 남아 있다는 게 거슬렸다. 그래서 도진은 이미 녹여 먹을 듯 수십 번이나 핥은 틈새를 혀끝으로 진하게 눌러 주었다.

자지러지는 비명을 들으며 그가 이번엔 입구로 혀를 들이밀었다.

톡 쏘는 듯한 단맛이 그의 허기를 자극했다.

통로 주변을 따라 빙글빙글 혀를 돌리던 도진은 입술을 꽉 흡착한 채 얕은 삽입으로 지우를 끝까지 몰고 갔다. 단 몇 센티, 짧고 빠르고 얕게 파고드는 도진의 혀에 지우의 여성이 경련을 일으켰다.

더, 더, 더. 아직 부족해. 도진의 눈에 이채가 돌았다. 그는 자신에게 완전히 미쳐 버린 지우가 보고 싶었다. 그가 너무도 필요한 나머지 허겁지겁 달려드는 지우를 원했다.

입술을 뗀 도진이 천천히 그녀의 몸을 타고 올라왔다. 아직 여린 몸을 감싸고 있는 원피스를 벗기고 등 뒤로 손을 넣어 브래지어의 후크를 풀었다.

기진맥진한 채 늘어진 지우는 손가락 하나 까딱하지 못하고 도진의 손길을 받아 냈다.

한 손에 좀 넘치는 듯한 가슴 끝에는 발그레한 유실이 도톰하니 부풀어 있었다. 그걸 본 도진의 입안에 침이 고였다.

"아……."

지우가 미간을 찡그렸다. 새로운 쾌감이 전혀 다른 곳에서 시작되고 있었다. 도진은 공들여 그녀의 살갗을 핥고 빨아들였다. 입안에 유실을 머금고 혀끝으로 도르르 굴리기도 했다.

"만져 봐."

도진이 그녀의 손을 잡고 제 것으로 이끌었다. 열린 지퍼 사이로 속옷이 느껴졌고 곧 얇은 천을 밀어 올리는 묵직한 것이 지우의 손바닥 아래 꿈틀거렸다. 그가 자극을 견디려는 듯 그녀의 가슴 위로 가쁜 숨을 몰아쉬었다.

"돌겠어, 너 때문에."

생전 처음 느껴 보는 이물감에 지우의 손이 뻣뻣하게 굳었다가 이내 호기심을 담고 움직였다. 그녀의 손이 차츰 자의대로 움직일 때마다 도진의 몸이 떨렸고, 그녀는 자신도 도진을 휘두를 수 있다는 사실에 놀랐다.

속옷 위로 말간 액이 묻어 나오는 뭉툭한 부분을 부드럽게 문질러 보던 지우는 순간 도진에게서 거친 소리가 나와 얼른 손을 거두고 말았다.

"안 되겠어. 더는 못 버텨."

"도진 씨……."

도진의 몸이 떨어져 나갔다.

허벅지를 빠듯하게 조이던 면바지, 말간 얼룩이 진 속옷, 마지막으로 검은 셔츠를 거칠게 벗어 던진 그가 소파 아래를 더듬더니 작은 포장지를 꺼내 이로 뜯었다. 잔뜩 부풀어 오른 제 것에 콘돔을 씌우는 손끝이 미미하게 떨렸다.

지우에게 들어가기 위해 자세를 고쳐 앉자 서로의 둔덕이 맞부딪혔다. 흐윽, 누가 먼저랄 것도 없이 신음이 흘러 나왔다.

그는 별다른 예고 없이 지우의 안을 가르고 들어왔다. 천천히, 그러나 깊숙이 잠겨 드는 몸에 지우가 입술을 깨물었다.

차라리 빨리 들어왔으면 날카롭게 한 번 아프고 말 텐데 도진은 통증마저 짙게 새기겠다는 듯 느리게 움직였다.

"아파······."

지우가 조그맣게 항의했다. 하지만 도진이 신경 써 주지 않을 태세라 그녀는 그의 목에 팔을 감고 자신을 향해 끌어 당겼다. 어차피 할 거면 어서 해 버리라는 듯, 그렇게.

그의 잇새로 앓는 듯한 소리가 새어 나왔다. 사방에서 조여드는 쾌감을 참아 내는 중인 그는 어찌 보면 지우만큼이나 아픈 사람처럼 보였다.

도진의 등 근육이 크게 물결치면서 그가 몸을 끝까지 뺐다가 주욱, 지우의 안으로 파고들었다.

"아흑!"

비명이 터졌다. 그를 받아들이느라 넓게 벌려진 새하얀 허벅지가 파들파들 떨렸다. 통증이 가라앉을 여유도 주지 않고 도진이 재차 성난 몸을 밀어 넣었다.

도진은 너무 크고 지우의 안은 좁디좁았다. 그녀는 손톱을 세우고 도진의 등을 내리 긁었다. 그렇게라도 자신이 아프다는 것을 그에게 새기고 싶었다.

"더, 더 화내. 울면서 피가 나도록 긁어."

"아파요. 아프다고······."

"알아. 어쩔 수 없잖아."

"나쁜······."

그걸 누가 모르나. 지우는 원망이 그득한 눈으로 도진을 쏘아보았다. 일부러 더 세게 손톱을 세워 긁고 주먹으로 어깨를 치자 그가 한숨을 쉬며 그녀의 젖은 뺨에 입을 맞췄다.

"미안."

도진이 긴 손가락 하나를 입에 넣고 빨더니 타액으로 흥건한 그것을 접합부 근처로 가져갔다.

가만가만 수풀을 헤치고 지우의 둔덕을 더듬은 손가락은 이내 숨어 있는 음핵을 찾아냈다. 탱글하니 부푼 살점은 도진의 손끝이 살짝 스치는 것만으로도 잘게 울렸다.

일단 그가 지우의 안에서 움직임을 멈추자 통증이 다소나마 줄어들었다. 여전히 쓰린 감각이 내벽을 맴돌았지만 마구 쓸리던 아까 전에 비해선 훨씬 나았다.

도진은 지우의 상태가 나아지길 기다리다가 흡사 잘못 건드리면 부서질 유리알을 대하듯이 부풀어 오른 그곳을 조심스레 문질렀다.

약해지는 통증 속에서 또 다른 쾌감을 찾아내도록, 인내심을 갖고 어루만지며 사르르 굴렸다.

얼마의 시간이 지났을까. 지우의 호흡이 차츰 불규칙해지기 시작했다.

그리고 그와 동시에 도진의 분신을 감싼 벽이 강한 수축과 이완을 반복했다. 눈앞이 하얗게 명멸할 때까지 그를 쥐어짜다가 자잘하게 떨며 몸을 놓아주었다.

미치겠군. 그는 꼭 실성한 사람처럼 웃고 싶은 심정이었다. 이러다가 내가 먼저 끝날지도 모르겠어, 송지우.

"도진 씨, 흐으, 읏."

지우가 금방이라도 숨이 넘어갈 것 같은 목소리로 말했다.

"좋아요……."

도진은 그 말을 끝으로 이성을 놓았다. 지우를 위하느라 멈추고 있었던 몸을 다시 움직이기 시작했다.

대신 살점을 비비는 손가락은 그대로 두었다. 톡톡톡 두드리고 쓸어 올리면 안 그래도 좁은 지우의 안이 짜릿하게 뒤틀리니까.

세상이 멈출 듯 느리게 지우를 가지던 그는 어디 가고 더 빨리, 더 많은 것을 요구하는 남자만이 남았다.

그는 힘을 잃고 자꾸만 쓰러지는 뽀얀 다리를 잡아 제 허리를 감게 했다. 그러자 두 사람의 결합이 훨씬 깊어졌고 지우의 흐느낌은 심해졌다.

모르겠어. 아무것도 생각이 안 나. 그냥, 이대로 죽을 것 같아. 지우의 머릿속은 통증과 쾌감으로 엉망이 되었다. 사고라는 것 자체가 불가능했다.

도진이 지우의 눈가와 뺨, 귀, 목덜미에 정신없이 키스를 뿌리며 그녀가 너무 예쁘다고, 아무리 안아도 부족할 것 같다고 속삭였다. 녹아내리게 달콤한 말과 색스러운 움직임.

이 모든 게 지우를 휩쓸었다.

버티는 건 무리다. 아니, 애초에 그를 뿌리칠 마음이 있었던가? 와인을 거절하지 않은 순간부터 자신은 도진에게 많이 기울어 있었다. 그의 키스도, 다정하듯 야한 손길도, 모두 좋았다.

그를 좋아하는 건지도 모르겠어…….

정신이 아득한 가운데 지우는 그런 생각을 했다. 방만하게 입술을 벌린 채 혼자만의 세계에 빠져든 지우를 현실로 끄집어 낸 건 다름 아닌 도진이었다.

"무슨 생각해? 아직도 그럴 여유가 있어?"

"아뇨, 그런 건…… 읏!"

그가 굵은 몸을 박아 넣은 뒤 빼지 않은 그대로 허리를 흔들었다. 경련 같은 진동이 지우의 안에서 퍼져 나갔다. 질벽을 세차게 휘젓는 감각에 그녀에게서 따뜻한 액이 울컥울컥 밀려 나왔다.

도진이 끝까지 가려는 듯 상체를 일으켜 앉았다. 여전히 결합을 유지한 채 흔들고 또 돌려 주었다. 힘이 꽉 들어간 복근이 쉼 없이 움직였고 그는 제 것을 물고 있는 지우의 아랫부분을 뚫어지게 주시했다.

부끄러우니 보지 말라는 말조차 나오지 않았다. 무서운 속도로 수위가 올라가는 쾌감에 지우는 온몸을 떨었다. 이제 어떻게 하면 되는지, 이대로 자신을 놓아도 망가지지 않을지 너무도 두려웠다.

폭발은 생각보다 크지 않았다. 아무래도 처음인 탓에 통증이 잔존한 상태였고 그에 반해 도진은 지우보다 조금 빨리 도달했다. 처음 들어오던 순간처럼 느리지만 깊게 몸을 묻은 도진은 여러 차례에 걸쳐 자신을 쏟아 냈다.

그의 경련이 지우에게까지 생생히 전달되었다. 모든 것을 다 쏟아 낸 도진이 지우의 위로 쓰러졌다.

그 순간 지우는 무거운 몸에 깔려 호흡이 약간 불편했지만 서로의 맨살이 닿아 있는 느낌이 좋아 저도 모르게 웃었다.

땀이 배어 난 몸을 서로에게 기대고 두 사람은 잠시 숨을 골랐다. 그녀의 가슴 위에 도진의 가슴이 맞닿아 있었다. 쿵쿵, 쿵쿵. 금방이라도 뚫고 나올 듯 펄떡이는 맥박은 도진의 것일까.

교감이 무엇인지 알 것 같았다. 함께 열락을 나누는 것도 좋지만 지우는 모든 에너지를 소진한 채 호흡만 나누는 지금 이 순간이 무척 마음에 들었다.

그녀의 손이 도진의 허리에 닿았다. 등을 쓸고 올라오며 제 손톱 때문에 붉어진 자국을 달래듯 더듬었다. 물이 닿으면 쓰라릴 것 같아 조금 미안해졌다. 상처를 남길 의도는 없었는데.

그렇게 넓고 단단한 등을 어루만지던 지우는 도진의 호흡이 편안해지는 걸 느끼며 계속 손을 움직였다. 목덜미를 타고 올라온 손을 그의 머리카락에 파묻었을 때, 도진이 위태로운 한숨을 흘어냈다.

잠깐, 위태롭다고?

"손버릇이 안 좋네, 아가씨."

도진이 시선을 맞춰 왔다. 거의 탈진한 줄 알았던 그의 표정이 뭔가 달라져 있었다.

그리고 지우는 자신의 안에서 몸집을 키우는 그것을 느끼고 경악스런 눈으로 도진을 마주 보았다. 이건 말도 안 된다.

"다 내보내고 난 남자는 굉장히 예민한 상태에 빠진다고."

그러니까 당신은 '다 내보냈'잖아요? 근데 왜 또다시 이 상태가 되는 거냐고?

기가 막힌 나머지 입술만 달싹이는 지우를 향해 그가 키득 웃었다.

"하자."

"권도진 씨, 미쳤구나……."

"살살 하면 괜찮을 거야. 부드럽게 할게."

"칼로 살살 찌르면 안 아파요?"

반쯤 어이가 없어서 한 말인데 도진이 이보다 더 우스운 농담을 들은 적 없다는 듯 어깨를 떨며 웃었다. 그가 웃을 때마다 딱딱한 이물이 지우의 안에서 꿈틀거렸다. 나, 농담 아닌데?

"예뻐 죽겠어, 송지우."

그가 입술을 내렸다. 다시 사랑하는 건 이미 결정 난 사실인 것 같았다. 지우의 항의가 이내 도진의 입술 새로 사그라졌다.

그날 밤, 지우는 결국 집에 들어가지 못했고 도진의 거실과 침실에서는 온밤 내내 야릇한 소리가 흘러나왔다.

chapter
4

검은 새가
물어온 꽃

2am cactus

　도진은 태블릿 펜을 내려놓은 뒤 두 손으로 눈가를 문질렀다. 간간이 쉬어 주긴 하지만 아무래도 컴퓨터 작업은 눈을 쉽게 피로하게 만든다. 의자에서 일어나자 온몸이 뻐근했다.

　그는 천천히 어깨를 돌리면서 작업실의 창문을 반쯤 열었다.

　엷은 바람이 상쾌한 공기를 실어 왔다. 도진은 눈을 감은 채 맑은 공기를 들이마셨다. 먼저 일부터 끝내야겠지만 바깥을 거닐고 싶다는 충동이 일었다.

　아파트에서 꽃집까지 짧은 거리라도 일주일에 세 번씩 꼬박꼬박 나간 게 그새 몸에 밴 모양이다. 예전 같았으면 있을 수 없는 변화이기에 도진은 신기한 듯 웃었다.

잠깐의 휴식 시간을 반기며 그가 폰을 들여다보았다. 지우로부터의 메시지가 없나 확인하는 것이다. 오늘은 단골손님의 웨딩카 출장을 나간다는 내용을 끝으로 그녀 역시 감감무소식이었다.

"웨딩카라. 하긴 슬슬 청첩장이 쏟아질 때가 됐지."

별생각 없이 검색 창에 웨딩카를 입력하는 자신을 발견했다. 꽃집은 찾아오는 손님에게 꽃만 파는 줄 알았는데 지우가 하는 일을 들어 보면 실로 다양했다.

신부 부케나 각종 기념일 꽃다발은 물론이고 웨딩홀, 파티장, 행사장 장식에 꽃꽂이 강의, 식물을 키우며 심리 안정을 추구하는 강좌 진행까지.

하나같이 도진이 관심도 가지지 않던 분야였다. 그랬던 것들이 오로지 지우가 좋아하는 일이란 이유만으로 궁금해졌다.

"이러다 정신 차려 보면 입간판에 화분 그리고 있는 거 아닌가."

타 업체 홍보를 위한 그림은 한 컷도 그리지 않아 온 그였지만 그게 지우의 꽃집이라고 생각하니 거부감이 들지 않았다.

오히려 짓궂은 그림을 그려서 지우를 좀 골려 줄까 하는 생각을 하고 있는데 중요 메일이 도착했다는 알림이 떴다.

그가 중요 메일로 설정해 둔 주소는 담당자와 파트너, 회사 밖에 없다. 빨간 알림 표시를 터치하자마자 내용이 바로 화면에 떴다.

김피스, 요즘 살 만하냐? 나는 빌어먹게 힘든데. 새 연재 들어간다는 공지는 봤다. 아주 일이 술술 풀리나 보다? 어? 돈을 그렇게 처벌고도 모자라서 또 X 같은 그림을 팔고 있냐?

도진의 얼굴이 굳었다.

발신자는 분명 새 프로젝트 담당자였지만 말투는 다른 이의 것이었다. 불시에 한 번씩 툭툭 날아오곤 하는 욕설 메일.

차단하고 신고하기가 무섭게 다른 계정으로 보내는 상대는 이런 짓을 벌써 몇 달째 하고 있었다.

사실 도진의 메일함에 쏟아지는 욕설은 하루에도 수십 통에 달했다. 이제는 일일이 신경 쓰지 않고 제목만으로 대충 걸러 휴지통에 넣고 있었다. 하지만 그 많은 메일 중에서도 유독 특정인을 기억하는 까닭은.

네가 웃고 다니는 게 싫어.

항상 마지막을 같은 문장으로 끝내는 사람이 있기 때문이었다. 솔직히 더 심한 욕설과 합성 사진을 투척하는 자도 많았지만 도진은 이보다 영향이 큰 내용은 보지 못했다.

그가 웃고 다니는 게 싫다는 말을 보고 있자면 과연 자신이 얼마나 많이 웃고 다녔나 하는 자문을 하게 된다.

그는 평소에 이를 드러낼 정도로 웃고 다니지 않는다. 지우를 만나고 나서부터야 조금씩 미소를 보이기 시작했다.

상대가 요즘 도진의 변화를 알아차릴 리가 없으니 이건 그냥 권도진이란 존재 자체가 싫다는 뜻이 된다. 정말이지 다른 메일과 차이점이라곤 없는 쓰레기인 거다.

그래도 자꾸 신경이 쓰인다. 마치 덩굴에 발목이 친친 감겨 깊이를 알 수 없는 늪 속으로 끌려 들어가는 기분이었다.

잠시 괜찮은 것 같다가도, 늪을 벗어날 수 있으리란 희망이 생기다가도, 정신을 차려 보면 아직 허리까지 푹 잠겨 있는 자신이 떠오른다.

벽을 뒤덮고 있던 스케치 종이들이 바람에 잘게 팔락거렸다. 도진의 자랑스러움이자 노력의 결실이자 사람들의 질타를 받게 하는 그림들이 자잘한 소리를 내며 제 존재를 알렸다.

어두운 얼굴로 허공을 노려보고 있던 도진은 진동을 느끼고 다시 화면을 쳐다보았다. 지우로부터의 메시지였다.

〈신부님과 신랑님이 흰 계통으로 갈 것인가, 핑크빛을 살짝 섞을 것인가를 두고 30분째 다투고 계세요. 반전을 알려 줄까요? 방금 최종 선택을 노란 계열로 하셨어요. 어머나, 세상에!〉

도진이 픽 웃었다. 지우의 메시지에선 항상 그녀의 목소리가 들리는 것 같았다. 방금 전까지 누구 하나 죽일 듯한 표정을 짓고 있었던 것도 잊고 그가 답장을 보냈다.

〈조심해. 그게 끝이 아닐지도 몰라.〉

조금 이따 지우가 답장을 보내 왔다. 울상이 된 셀카 사진 한 장도 딸려 왔다. 그녀의 옆쪽으로 얼굴을 가린 두 남녀가 보였다. 기가 막힌 타이밍에 찍었는지 예비 신랑 신부가 아니라 경찰서에 소환된 원수지간 같았다.

〈권도진 씨, 예언자세요? 프리지어도 엎어졌어요. 곰곰이 생각해 보니 신랑 측 부모님이 노란색을 안 좋아하신대요. 신부님은 웨딩카 장식까지 시댁 취향을 고려해야 하느냐고 화내시구요.〉

장문의 메시지에 이어 눈물 가득한 다음 내용이 날아왔다.

〈저녁 못 먹을 것 같아요. 오늘 진짜 쌀국수 먹고 싶었는데, 잉잉.〉

사흘 전 두 사람이 함께 밤을 보낸 이후로 첫 외식이자 정식 데이트였다. 어느 순간부터 지우가 쌀국수 노래를 부르기에 맛있다는 집을 찾아놨는데 하필 오늘 출장이 겹친 것이다. 약속이 틀어지는 것에 강박증이 있냐는 소릴 들을 만큼 철저하게 굴어 온 도진이 자판을 두드렸다. 이윽고 메시지가 발송되었다.

〈끝나면 꽃집으로 와, 아가씨. 김밥 사다 놓을 테니까.〉

득달같이 날아오는 답장.

〈김밥이라니 이게 무슨 소리요, 작가 양반? 점심도 쫄쫄 굶은 마당에 김밥이라니!〉

도진은 폰을 끄고 웃었다. 작업실에 소리가 울릴 정도로 웃었다. 이 방에서 소리 내어 웃은 적은 처음이다. 팔락거리는 스케치들이 '얘가 드디어 갈 데까지 갔구나' 하며 고개를 젓는 것 같았다.

"왜 이제 나타난 거야, 송지우."

그가 의자에 주저앉으며 나직이 말했다. 조금의 원망조차 들어 있지 않은 말투로, 연한 미소까지 띤 채.

얼른 일을 마쳐야겠다는 생각이 들었다.

"결혼식은 두 번 할 게 못 되는구나. 아, 어지러워."

지우가 비척비척 꽃집을 향해 걸었다. 고객을 만나러 가는 자리이니 평소처럼 스니커즈를 신을 순 없고, 단정한 구두와 플랫슈즈 사이에서 고민하다가 후자를 택한 아침의 자신을 토닥여 주고 싶었다. 굽 있는 구두를 신었다면 지금쯤 발이 엉망이 되었을 것이다.

택시 기사가 약속 장소 위치를 착각하여 다시 버스나 택시를 타기도 애매한 곳에 내려준 까닭에 오늘 지우는 뜻밖에 좀 걸었다.

거기다가 단골손님인 예비 신부는 원래 잘 웃는 아가씨인데 결혼 준비로 신경이 곤두선 탓인지 모든 것에 예민하게 반응했다.

지우는 웨딩카를 장식할 꽃을 고르다 우는 사람이 있을 줄은 상상도 못 했다. 그나마 마지막에 신랑 신부 둘 다 환한 얼굴로 지우에게 감사 인사를 한 게 다행이라면 다행이랄까.

배도 고프고 머리도 띵하고 온몸이 욱신욱신하다. 그런 와중에 곧 부부가 되는 한 쌍의 커플이 묘하게 부러워져 지우는 한숨을 훅 불어 냈다.

울고불고 난리를 쳐도 어쨌든 예쁜 결혼식을 올릴 것이며 한 집에서 매일 얼굴을 보며 살게 될 거다. 어딜 가서든 서로가 부인이고 남편이라 소개하게 되겠지.

갑자기 도진이 밖에 나가서 지우 자신을 와이프라 소개하는 장면이 떠올랐다.

"과해. 너무 앞서 나간다고."

지금은 여자 친구라고만 밝혀도 볼이 발그레해질 것 같다. 그런 생각을 하면서 지우는 모퉁이를 돌았다.

셔터가 반쯤 내려진 꽃집 안이 밝았다. 아영에게는 다른 일 의뢰 때문에 '그 손님'과 퇴근 후 상담을 잡았다고 설명해 두었다.

벌써 밤 여덟 시에 가까워져 간다. 평소 퇴근보다 한 시간쯤 늦어질까 싶었는데 거의 두 시간이 더 걸리고 말았다. 도진이 너무 일찍 온 게 아니어야 할 텐데.

드르륵, 셔터를 올린 뒤 유리문을 열고 들어간 지우는 깜짝 놀라 제자리에 멈춰 섰다.

"왔어?"

의자에 앉아 책을 읽고 있던 도진이 한 10년 이곳에서 일한 분위기를 풍기며 그녀를 반겼다. 지우의 눈은 도진을 지나 커다란 비닐봉투로 가득한 작업대에 머물렀다.

"이게 다 뭐예요?"

"점심도 굶었다며."

"그렇긴 한데……. 김밥 사다 놓을 거라면서요, 권도진 씨?"

도진이 책을 덮고 일어나 작업대로 다가갔다. 봉투 안에서 테이크아웃용 용기가 끊이지 않고 쏟아져 나왔다.

간장 종지만 한 것에서부터 넓은 접시까지 종류도 다양하다. 지우는 잠시 동안 이 남자가 가게 메뉴를 죄다 쓸어 온 것인지 고민해야 했다.

"권도진 씨."

레토르트 식품과 배달 음식, 테이크아웃 요리 전문가 도진이 능숙하게 용기 뚜껑을 열면서 지우의 말투를 따라 했다. 지우는 뚜껑을 열 때 국물 한 방울 흘리지 않는 사람은 오늘 처음 봤다.

"같이 뜨거운 밤을 보낸 상대를 부르는 말치고는 좀 사무적인 거 아닌가, 송지우 씨?"

그는 계산대 안쪽에 두는 커피포트를 찾아냈는지 자스민 차까지 우려냈다. 새하얀 작업대 위에는 쌀국수 가게에서 파는 주 메뉴가 고스란히 올라와 있었다.

"먹어."

"어, 네, 잘 먹을게요."

은근한 박력에 지우는 얼른 가방을 내려놓고 의자를 끌어다 앉았다. 밖에서 사 온 음식이긴 하지만 다른 누구도 아닌 도진이 차려 준 상을 받자니 기분이 이상했다.

국수 면은 방금 삶아 낸 것처럼 탱탱하진 않았으나 국물과 따로 포장한 덕분인지 가게에서 먹는 것과 크게 다를 바 없었다.

솔직히 말하자면 쫄쫄 굶은 속에 따끈한 쌀국수 국물 한입은 최고였다. 여기가 원래 이렇게 맛있는 곳이었던가?

조신하고 예쁘게 먹어야 한다는 생각 따윈 저 멀리 집어던진 지 오래다.

한입 먹을 때마다 맛있다, 를 연발하던 지우는 슬슬 배가 차기 시작하자 권도진의 능숙함에 의혹을 품게 되었다.

이런 외모에 이런 배려는 반칙이다. 원래부터 다정다감했으면 억울하지나 않지.

지우의 꽃집이 망하지 않는 게 신기하다고 까칠한 말을 퍼부었던 남자가, 여자의 늦은 퇴근을 기다렸다가 먹고 싶었던 음식을 차려 주는 게 어디 있단 말인가.

심지어 남자는 '소리에 소리를 끼얹는 건 과하다'는 본인의 신념대로 행동은 다정하되 말까지 달콤하진 않았다.

예전보다는 훨씬 유해졌지만 본래의 뾰족함은 살아 있는 거다. 말투까지 달달하게 바뀌었으면 부담스럽기라도 했을 텐데.

지우 자신이 너무 쉽게 빠져 버린 건 아닌지에 대한 고민은 접어 두자.

자신은 누가 봐도 평범한 취향을 가진 대한민국 표준 여자이고, 그런 여자라면 도진을 거부하기가 힘들다.

어렵다고! 내가 이상한 게 아니라고!

지우는 찻잔을 비우며 듣는 사람 하나 없는데 속으로 자기변명 같은 말을 반복했다.

그녀는 상대의 과거에 연연해하지 않는 여자다. 자기도 대학 시절 남자 친구를 사귀어 봤기에 상대가 너무 험하게 놀지만 않았더라면, 몇 번의 연애 정도는 상관하지 않을 수 있었다.

하지만 도진을 보고 있자니 자신의 가치관이 슬쩍 흔들리는 게 느껴졌다.

여자 친구, 있었겠지? 없었다는 게 이상해. 다른 여자들도 다 멀쩡하게 눈 달고 다니는데 이런 남자를 가만히 뒀다는 게 말이 안 되잖아?

"내가 경험은 없어도, 머릿속에 든 건 차고 넘치게 많거든."

근데 사흘 전 도진이 했던 말이 떠올랐다. 경험이 없다고 했었지. 그래도 키스나 스킨십 정도는 하지 않았을까?

지우 역시 그 정도는 해 봤다. 하지만 다른 여자에게도 지금 지우에게 하는 것처럼 해 줬을 걸 생각하니 괜히 속이 쓰렸다. 옹졸해지는 건 싫은데.

"……지우 씨, 지난번 우비는 감사했습니다?"

깨끗이 비운 용기를 치우고 나갈 채비를 하는데 도진이 아까 전보다 가시가 선 말투로 말했다. 무슨 일인가 싶어 돌아보자 그가 작은 카드를 들고 내용을 읽고 있었다.

"언제 한번 커피 살게요. 커피가 좋으세요, 아니면 차?"

내용은 거기서 끝인 듯하다. 그가 카드를 뚫어져라 내려다보다가 앞뒤를 돌려 지우에게 그것을 보여 주었다.

"차?"

딱 한 음절의 단어로도 충분히 불쾌함을 전달할 수가 있구나. 지우는 도진을 통해 새로운 사실을 깨달았다.

상황은 완전히 역전되어서 이젠 도진이 타인의 개입에 기분 나빠하고 있는데도 지우는 마냥 기뻐할 수가 없었다.

연인이 적당한 질투를 보여 주면 으쓱해지는 게 통설이지만 아무리 열심히 카드를 노려봐도 지우는 그와 관련된 기억이 나지 않기 때문이었다.

송지우, 너 우비 빌려 준 거니? 언제야, 그게? 누구한테?

오늘 아침 꽃집 문을 열고 한두 시간 자리를 지켰을 때만 해도 본 적이 없는 카드이니 오후에 아영이 대신 받아 뒀다는 말이 된다.

우체국 소인이 찍히지도 않았으니 직접 주고 갔다는 건데, 그럼 이 근처 사는 사람인가?

거기까지 생각을 한 지우는 순간 머릿속을 스치고 지나가는 기억에 짝, 하고 손뼉을 쳤다.

"퀵 배달부예요!"

드디어 기억해 냈다는 기쁨에 지우의 얼굴이 밝아졌다.

"얼마 전에 바뀐 분인데 아직 이쪽 일이 익숙하지 않으신지 비 오는 날 우비도 없이 다니시더라구요. 앞으로 자주 볼 분이기도 하고 그래서……."

"우비를 빌려 줬다? 그냥 그 자식이 귀찮아서 안 챙긴 거라는 생각은 안 해 봤고?"

"어…… 그렇다고 해도 비 맞고 다니시게 할 순 없으니까."

도진의 눈썹이 치켜 올라갔다. 가만 보니 이 아가씨가 무의식중에 자꾸 사람을 홀리고 다니네? 거기에 홀라당 넘어간 장본인으로서 사태를 조용히 관망할 순 없었다.

그는 지우도 방금 전 자신과 똑같이 불안해했다는 것까진 모른 채 초반에 아예 싹을 잘라 버리리라 마음먹었다.

속 좁은 여자처럼 굴기 싫어 말 꺼내길 주저하던 지우와 달리 권도진은 행동파다. 그는 카드를 작업대에 내려놓고선 삐딱하게 선 채 팔짱을 꼈다.

"배달부 바꿔."

"네?"

"계약 업체 대표에게 작업 거는 거부터 틀려먹었어. 바꿔."

"그거 진심으로 하는 소린 아니죠?"

"내가 하는 말은 다 거짓으로 들려? 어떻게 하면 진짜라는 걸 믿겠어?"

지우가 잠깐 대꾸할 말을 잊은 듯 어버버거렸다. 최대한 상식적으로 생각을 전개하려 애쓰는 듯하다. 간신히 나온 말이란 게 이랬다.

"그냥 감사 인사일 뿐인데!"

"하."

도진이 실소를 흘렸다. 어이가 없는지라 자꾸만 한쪽으로만 웃게 된다.

"남자를 아직 잘 모르네, 송지우 씨. 보통 남자들은 말로 고맙다고 하지, 수고스럽게 카드에 글을 써서 주진 않아. 거기다 퀵 배달부라면 널 사장님이라 불러야 하는 판에 지우 씨? 커피 아니면 차가 좋으냐고 질문으로 끝내는 것까지 아주 다 글렀어. 이거 명백한 작업이라고."

말발에서 밀린다. 너무 밀린다.

지우는 뭐라고 반박하고 싶은데 딱히 떠오르는 말이 없어서 답답해하고 있었다. 도진의 눈에 서서히 열이 차오르다가 붉어지는 그녀의 얼굴이 보였다.

그리고 그 답답함이 고집으로 바뀌는 것도.

"내가 우비를 준 당사자인데 그걸 받았다는 이유만으로 교체할 순 없어요."

"결자해지야. 시작한 사람이 끝을 내야지."

"말도 안 돼. 이거 억지예요."

"고집 부리는 건 그쪽이야."

지우가 조개처럼 입을 딱 다물었다. 더는 대화를 하기 싫다는 뜻이렸다. 그럼 이쪽도 생각이 있지.

도진은 밖으로 나갈 듯 천천히 출입문으로 걸어가더니 셔터를 끝까지 내렸다. 유리문을 닫고 달칵, 잠갔다.

아직 상황을 파악하지 못하고 뚱하니 자신을 쳐다보는 시선을 받아 내며 그는 작은 전지가위를 들었다. 컴퓨터 따위밖에 없는 제집과 달리 꽃집은 도구가 다양해서 좋았다.

그는 쇼핑을 하는 기분으로 적당한 물건을 골랐고 날을 세운 가위를 가느다란 가지에 들이댔다.

"뭐하는 거예요?"

지우가 설마 하는 얼굴로 물었다. 도진은 마지막 기회를 주었다.

"내일 전화해서 배달부 바꿔."

"……아직도 그 얘기예요?"

또각.

초록색 잎이 어여쁘게 달린 가지가 바닥으로 떨어져 내렸다. 지우의 입도 같이 벌어졌다. 도진은 꿈쩍도 하지 않고 옆 가지로 가위를 옮겼다.

"내 영역 침범한 놈 기분 나빠. 치우라니까?"

"아니, 지금 도대체……."

또각.

"맛있는 거 잘 먹고 웬 성질이에요?"

"맛있는 것 사다 바친 상대가 커피는 딴 놈한테 얻어먹으려고 하잖아."

"누가 얻어먹겠대?"

"반말까지?"

또각. 또각. 또각.

가지가 무참히 잘려 나갔다. 이러다 나무 한쪽은 가지 없이 휑할 판이다. 더 버렸다간 눈앞에서 나무 하나가 죽을 상황이라 지우가 빽 소리를 질러 휴전을 청했다.

"그만! 그만! 알았어요. 알았다구요."

도진은 아직 나무에서 가위를 떼지 않았다. 지우의 말을 들어 보고 결정하겠다는 태도다. 분하기 그지없다는 표정으로 지우가 말했다.

"내일 전화할게요."

"그래야지."

"대신 교체 이유는 내가 알아서 말할 거예요. 우비 어쩌고 하는 이유는 너무 말도 안 되니까. 이건, 물러설 수 없어요."

완전히 마음에 드는 건 아니지만 그래도 눈에 거슬리는 놈을 치우겠다니 도진은 그쯤에서 봐주기로 했다. 가위를 내려놓고 지우에게 다가가자 가슴팍으로 주먹이 날아왔다.

"나빠, 권도진!"

몇 번이고 성이 풀릴 때까지 때린다. 가슴을 치는 주먹이 별로 아프지 않아서 도진은 오히려 제 결정이 옳았다고 확신했다.

커피 마시다가 끌어안기라도 하면 이렇게 같잖은 주먹질을 하겠지. 상대는 앙탈이라 여기고 귀여워 죽을지도 모른다.

"나빠. 무지막지하게 가지를 자르는 게 어디 있어요! 쟤들 아프다고! 사람으로 치면 손발이라고!"

"그럼 농부들은 다 사이코패스야? 맨날 가지 치는데."

"그건 또 무슨 헛소리예요? 하여튼 진짜 못돼 먹었어."

잔뜩 눈을 흘기는 걸 보니 조금 미안해지는 것도 같다. 그러나 미안함보다 앞서는 게 있었다.

가느다랗게 눈을 뜨고 아랫입술을 깨무는 모습은 사흘 전 날 밤을 떠올리게 했다.

그날의 지우는 한입에 삼키고 싶을 만큼 달콤하게 예뻤다.

반면 도진은 혈기 왕성하다 못해 오래도록 굶은 맹수고.

그는 계산대 쪽으로 손을 뻗어 불을 껐다. 스위치가 꺼지는 소리와 동시에 가게 안이 어둡게 변했다.

갑작스런 변화에 지우가 고개를 두리번거렸다. 눈이 어둠에 적응하는 데엔 그리 오랜 시간이 걸리지 않았다.

어슷어슷한 구조의 셔터 사이로 바깥의 불빛이 희미하게 들어왔다. 밖에서는 안이 보이지 않지만 안쪽에서는 틈새로 밖이 보여 이상하게 불안해지는 구조다.

도진의 입술이 지우를 삼켰다.

예고 없이 갑작스런 키스가 시작되었다. 혀가 감기고 비벼진다. 지우를 배불리 먹였으니 이제 도진이 허기를 채울 차례다.

그의 손이 거침없이 지우의 바지 버클을 풀어헤쳤다. 브리프를 말아 내리고 한 손으로 엉덩이를 꽉 움켜쥔 채 그대로 뭉갤 듯이 주물렀다. 가는 신음 소리가 터졌다.

"도진 씨, 바깥에."

"셔터 내렸어."

내렸지만 안에서 잠글 순 없다. 혹시 누군가 셔터를 올린다면 유리창 너머로 두 사람이 보일 터다. 어두운 밤에 꽃집 셔터를 열어 볼 사람은 없겠지만 신경이 쓰이는 건 여전한지 지우가 자꾸 몸을 빼려 했다.

"거부하는 거야? 난 지금 돌겠는데."

"셔터……."

"자꾸 그러면 내가 올린다."

위협이 먹혀들었는지 지우가 반항을 멈췄다. 도진이 충분히 그럴 수 있는 남자라는 건 방금 전에도 겪었다.

그는 만족스레 목을 울리며 그녀를 돌려세웠다. 30분 전만 해도 식탁이었던 작업대가 침대 대신으로 쓰이게 생겼다.

"바로 넣을게."

조급했다. 지우의 아래가 약간이라도 젖은 건 다행이었다. 더는 견딜 수가 없었으니까.

두 팔을 작업대 위에 올린 채 상체를 지지한 지우가 도진이 들어오는 것을 느끼면서 잘게 떨었다.

끊어질 듯한 신음이 터지고 속살이 꽉 조여들었다. 이미 들어가는 것만으로도 도진은 허리를 꺾으며 끝날 뻔했다.

"아, 훗, 도진 씨."

"힘 좀…… 풀어."

다리로 버티지 못하는 지우를 세우면서 그는 머릿속이 새하얘질 때까지 몸을 밀어 넣었다.

그녀를 안고 있으면 아무런 생각도 할 수 없었다. 도중에 멈추면 죽을 사람처럼 헐떡이며 성난 자신을 달랠 뿐이었다. 가지고 또 가져도 부족했다.

두 사람의 움직임에 맞춰 흔들리던 작업대 끝에서 가위가 툭 떨어졌다.

❖   ❖   ❖

아영이 지우를 불러 세웠다. 몇 번을 불러야 알아듣겠냐는 말에, 지우는 그제야 아영이 자신을 여러 번 불렀다는 사실을 깨달았다.

물소리 때문에 못 들었다는 핑계를 대기엔 호스 구멍으로 나오는 물줄기가 너무 약했다.

"언니, 그거 아까 씻었어요."

"아, 그래?"

지우가 멍하니 손에 든 화분을 내려놓고 다른 화분을 집어 들었다. 아영이 짧게 혀를 찼다.

"그것도 씻었구요."

"아."

"……우리 사장 언니가 요즘 왜 이러실까? 혹시 남자 생겼나?"

"무, 무슨 소리야. 말도 안 돼."

지우는 자신이 바보가 된 이유를 분명 알고 있었지만 그걸 아영에게 털어놓을 순 없었다.

보통 때라면 절친한 친구들을 메신저 채팅방에 소환해 A부터 Z까지 고백했겠으나 이번만은 그럴 수가 없었다.

결국 아무에게도 말할 수가 없으니 지우의 머리에 과부하가 걸린 건 당연한 수순이었다.

이유야 간단명료했다. 도진과 연락이 되지 않는다. 세상에, 맙소사. 지우는 이 사실을 떠올릴 때마다 매번 새로운 충격에 빠지는 기분이었다.

엄밀히 말하자면 연락이 완전히 끊긴 건 아니다. 지우가 메시지를 보내면 도진은 답장을 보내 주었다. 그러니까 메시지를 보낸 지 한 14시간 뒤?

도진은 폰을 무음으로 돌려놓거나 아예 전원을 꺼 둔 상태였다. 아파트 출입은 당연히 차단당했다.

지우는 도대체 어디서부터 이런 전개로 흘러갔는지 곰곰이 떠올려 보았다.

그렇다, 시작은 함께 밤을 보낸 날로부터 8일 후. 꽃집 'Song'의 토요일 영업은 오후 4시까지였다.

지우는 오후 3시 15분부터 10초마다 한 번씩 폰 액정을 쳐다보며 도진에게 메시지를 보낼까 말까 고민했다.

전날 밤 헤어진 이후로 지금까지 연락을 하지 않을 수 있었던 건 오로지 매달리는 여자로 보이고 싶지 않은 그녀의 절제력 덕분이었다.

지금쯤이면 말을 걸어도 되겠지? 퇴근 시간을 핑계 삼아 뭐하는 중이냐고 슬쩍 물어볼까? 아니면 이따 저녁이라도 같이 먹자고 할까?

묻고 싶은 말이 수백 가지였다. 혹시 도진과의 데이트를 대비해서 아까 낮에 일을 몰아 해 놓기도 했다.

금요일까지만 나오는 아영이 봤다면 언니 평소에도 저 없는 토요일에 이렇게 폭풍 업무 보시냐고 혀를 내둘렀을 정도였다.

"어떡하지? 어떡하지? 뭐라고 말하지? 으, 나 연애 너무 오래 쉬었나 봐."

지우는 혼자 발을 동동 굴렀다가 의자에 앉아 빙글빙글 돌기도 했다.

연애 시작 8일째. 가장 설레고 좋을 때라지만 그런 사람들 중에서도 송지우가 제일 연애 초반 티를 내는 것 같았다.

"잠깐. 나 아직 도진 씨를 이렇게 저장해 놓고 있었네."

채팅방에 들어간 지우는 상단에 뜬 이름을 못마땅한 눈으로 쳐다보았다. 그 이름 한번 사무적인 '권도진 고객님'이 참으로 거슬렸다. 권도진 씨도 아니고 권도진 고객님이 뭔가.

그에게서 폰 번호를 건네받은 날, 최대한 예의에 어긋나지 않기 위해 양 엄지에 힘을 실어 '고객님' 세 음절을 붙였던 게 기억났다. 고객님 앞에 '진상'을 붙이고픈 마음이 간절했었다.

"바꿔야겠다."

지우는 연락처 편집에 들어간 뒤 일단 '고객님' 세 글자를 지웠다. 무난하게 '씨'를 붙일까 하다가 무슨 충동이 들었는지 남아 있는 이름도 지우고 그냥 떠오른 대로 자판을 쳐 봤다.

"도진…… 오빠?"

꺅! 손발이 다 오글거린다. 지우는 눈을 질끈 감고 미쳤어, 를 연발했다.

계속 이런 상태일 거면 차라리 가게 문을 빨리 닫는 게 낫겠다는 생각이 들었다. 손님이 주말 기분 내러 꽃을 사러 왔다가 웬 미친 여자가 카운터를 보고 있다고 놀랄 게 아닌가 말이다.

하지만 이 모든 난리에도 불구하고 도진은 결국 '도진 오빠'로 저장되었다. 그가 다섯 살 더 많은 건 기정사실인데 오빠를 오빠라고 부르지 그럼 뭐라고 부르겠냐는 핑계는 아주 그럴싸했다.

"뒤에 하트 붙이지 않은 걸 다행으로 알라구요."

새콤달콤한 기분에 젖어 든 지우는 기분 좋게 채팅창을

179

열고 메시지를 보냈다. 몇 번이나 고쳤다 쓴 끝에 발송한 메시지는 다음과 같았다.

〈뭐해요?〉

답장이 오기까지 기다리는 시간이 꽤 길었다. 음, 10분이면 제법 긴 편 아닌가? 평소 지우더러 제발 메시지 확인 좀 째깍째깍 하라고 닦달하는 친구들이 들었으면 기겁할 소리였다.

〈일해.〉

도진의 답장은 짧고 딱딱했다. 안을 때마다 지우에게 예뻐 죽겠다는 소릴 하는 남자가 맞는지 의심될 정도였다.

까딱하면 서운할 법도 한데 지우의 눈엔 그저 귀엽고 좋아 보였다. 사실 도진이 점 하나만 찍어서 보냈어도 지우는 활짝 웃었을 것이다.

〈점심은 먹었어요?〉

답장이 돌아오는 간격이 15분 정도로 늦어졌다.

〈아점 먹었어.〉

아점이란 단어가 눈에 들어온 순간 옳다구나 하는 생각이 들었다. 이 말을 쓸 수 있어서 지우의 기분은 최고조로 올라갔다.

〈배고프겠다.〉

"배고프겠지. 당연히 배가 고파야지. 그래야 나랑 이른 저녁을 먹지."

지우는 서둘러 다음 메시지를 보냈다.

〈뭐 좀 먹을래요? 나 곧 퇴근인데 간단한 거라도 사 갈까?〉

폰에서 눈을 떼고 벽시계를 보니 바늘이 벌써 3시 40분을 가리키고 있었다. 됐다. 오늘 영업은 여기까지다.

지우는 밖에 내놓은 화분들을 모두 안으로 옮기고 선반과 입간판까지 들여 놓았다. 셔터를 반쯤 내리고 돌아와 가방을 챙기고 거울까지 한 번 확인했는데 도진에게선 아직 답장이 오지 않았다.

지우가 입술을 삐죽거렸다. 시간은 어느덧 원래 퇴근 시간인 4시 정각이 되었다. 확답을 받기도 전에 가게를 나서기가 뭣해서 하릴없이 폰만 만지작대고 있는데 반가운 알림 음이 울렸다.

〈오늘 못 만날 것 같은데.〉

그제야 가슴이 쿵 내려앉았다. 설레던 기분이 갑자기 싸하게 식는 느낌.

저녁을 함께 못 먹겠다는 것도 아니고 그냥 오늘 만나지 말자는 말이다. 실망스럽기도 하고 허탈함도 밀려와서 지우는 의자에 털썩 주저앉았다.

그래, 뭐. 우린 이번 주 내내 계속 붙어 있었으니까 오늘은 건너뛸 수도 있지.

최대한 좋게 생각해 보려 했다. 그리고 최대한 아무렇지 않게, 어른스럽게 답장을 보내려 애썼다.

그런데 도진의 대답은 점점 지우의 기대와 어긋나 갔다. 내일도, 모레도 곤란하고 글피까지 장담할 수 없다는 말에 도대체 어떤 답을 보내야 할까 고민하고 있는데 그가 먼저 메시지를 보내왔다.

〈미안. 사실은 일이 많이 밀렸거든. 한동안 못 볼 것 같다.〉

미처 대답하기도 전에 다시 날아온 메시지.

〈메시지는 괜찮은데 그래도 바로 확인은 어려울 거야.〉

바쁘다는 사람을 두고 무슨 말을 할 수 있을까. 여기서 섭섭함을 드러내면 너무 철없어 보일 것 같았다.

"아무리 그래도 '한동안' 못 보는 건 좀…… 심하잖아."

괜찮다고 보낸 답장과 달리 시무룩해진 얼굴로 지우가 중얼거렸다. 그리고 도진은 정말 그가 말했던 대로 다음 날도, 그다음 날도 전화 한 통 하지 않았고 메시지에 대한 답장은 지우의 김이 다 빠진 다음에야 짤막하게 도착했다.

심지어 이틀 동안 확인했다는 표시가 사라지지 않은 적도 있어서 지우는 이 남자가 작업실 안에 쓰러져 죽어 버린 게 아닐까 심각하게 고민해야 했다.

그렇게 내일이면 2주가 된다.

세상에, 2주라니. 14일이자 336시간이며 20,160분 동안 지우는 도진의 머리털 한 올조차 보지 못한 채 혼자 시간을 보냈다.

처음엔 서운한 마음이 앞섰다. 그다음에 찾아온 것은 분노였고 마지막 며칠에 이르러서는 오기가 들었다.

송지우는 안 바쁜 줄 아나? 자긴 뭐 동기들 말마따나 가끔 찾아오는 손님한테 꽃이나 몇 송이 팔면서 종일 노닥거리는 여잔가?

이래 봬도 한 가게의 사장이다 이거다. 그리고 대학 시절 그녀를 흠모하는 남학생도 제법 많았던, 연애에 목매달지 않아도 아쉬울 것 하나 없었던 여자이기도 하다.

뭐? 바빠서 연락을 못 해? 그럼 자신도 똑같이 해 주면 될 것 아닌가? 바쁘다는 사람 귀찮게 건드리지 않겠다고, 비참하게 매달리지 않겠다 이 말이다.

그러나 사람 마음이란 게 생각처럼 쉬운 게 아니어서 지우는 어느새 틈만 나면 인터넷 커뮤니티를 들락거리고 있었다.

그곳엔 남녀와 관련된 온갖 이야기가 올라왔고, 특히 섹스 후 급속도로 마음이 식는 남자들에 대한 경험담이 꾸준히 제보되었다.

보지 말아야지, 하면서도 자꾸만 제목을 클릭하는 손을 막을 수가 없었다. 모든 게 지우 본인의 이야기인 것 같았다. 또 하나같이 설득력 있어 보였다.

도진이 같은 말도 비틀어 하는 남자이긴 하지만 그래도 여자의 몸을 얻고 나서 휙 갖다 버리는 남자가 아니란 건 지우도 아는 바였다.

🌱

그런데 계속 다른 여자들의 경험담을 보고 있자니 자기 커플은 뭔가 순서가 좀 잘못된 게 아닌가, 하는 의문 정도는 들었다.

애초에 '커플'이란 표현을 쓸 수 있긴 한 건가?

"그러고 보면 도진 씨는 한 번도 사귀자는 말을 하지 않았지."

서양 문화권에선 따로 사귀자는 말없이 교제를 한다고 한다. 우리나라에서도 다소 나이대가 높은 남자들은 굳이 그런걸 말로 해야 아느냐며 생략한다고 들었다.

그렇지만 여긴 서양이 아닌 한국이고 권도진은 이제 서른한 살의 젊은 남자란 말이다! 예쁘다는 말 열 번 할 새가 있었으면 그중에 한 번쯤은 진지한 관계를 언급했어야지!

"악! 권도진 이 나쁜 자식!"

지우는 급기야 카운터 테이블에 풀썩 엎드리며 소리 내어 도진을 원망했다. 아영이 잠깐 볼일을 보러 나갔기에 망정이지, 안 그랬으면 진짜 무슨 일이냐며 캐물음을 당할 뻔했다.

한참 욕을 하고 있으려니 가게 전화가 울렸다. 지우는 대단히 심란한 얼굴로 전화를 받았다.

"안녕하세요, 꽃집 'Song'입니다."

—오랜만이야.

익숙한 목소리는 도진의 것이었다. 2주 만에 듣는 목소리에 지우의 눈이 휘둥그렇게 변했다. 이게 환청은 아니겠지? 진짜 도진 씨가 맞는 거지?

그간의 원망과 서운함이 눈 녹듯이 사라지며 지우는 배알도 없이 애교를 부릴 뻔했다. 저도 모르게 혀 짧은 소리가 나가려는 걸 가까스로 저지할 수 있었다.

송지우, 이 사람 2주 만에 연락한 거야. 그동안 널 길가의 돌멩이 취급한 남자라고. 정신 차리고 응대해. 쿨하고 시크하게! 도도하게! 프로페셔널하게!

"그러네요. 한 보름 만인가요? 그나저나 무슨 일이에요?"

괜찮다. 방금 좀 멋있었던 것 같다. 지우의 입가에 조그만 미소가 걸렸다.

—꽃집에 꽃 주문하려고 전화했지, 뭐겠어?

"……그렇긴 하지만. 으음, 뭐, 달리 할 말은 없구요?"

—홈페이지 잘 만들어 놨네.

지우가 이를 빠득 갈았다. 아무리 이성의 끈을 놓지 않으려고 해도 도진은 이래도 버틸 수 있겠냐는 듯 지우의 한계를 시험했다.

마치 사귀기 이전의 권도진으로 돌아간 듯 대사 하나하나가 아주 예술이었다. 그는 결국 꽃바구니에 샴페인이 추가된 A 세트 세 개를 주문한 뒤 카드 번호를 불러 주고 더없이 건조한 말투로 배달지 주소를 전달했다.

실제 꽃바구니가 홈페이지의 샘플과 백 퍼센트 일치하느냐는 질문으로 화룡점정을 찍은 그는 급기야 수신인이 자신에게 몹시 중요한 고객이니 사장인 지우가 직접 가서 인사와 함께 전달하라는 특별 주문을 넣었다.

그야말로 악랄한 주문이 아닐 수 없었다. 왜냐하면 오늘은 금요일이고 지금은 점심시간이 다 지난 오후이며 단골 고객인 근처 교회의 주문이 예약되어 있기 때문이다.

지우는 총 네 교회의 꽃을 담당했는데 심지어 한 곳은 당장 내일 저녁에 행사가 있어 미니 꽃다발 서른 개를 만들어야 했다.

분노를 유발하는 요소가 너무 다양한가 모르겠는데 어쨌든 결론은, 지우는 이제부터 눈코 뜰 새 없이 일해야 한다는 거였다.

그런데 이 와중에 직접 배달을 가라고라?

정중히 인사를 드려?

"제가 지금 좀 많이 바빠서요. 퀵서비스를 이용해야 될 것 같은데."

─불러 준 순서대로 가. 바쁜 분들이니까 늦어도 네 시까지 전달하고.

"저기, 권도진 씨."

딸칵.

지우는 수화기를 내려놓지 못하고 허공만 노려보았다. 도진이 제 할 말만 하고 전화를 끊어 버렸다는 사실을 받아들이는 데만도 오랜 시간이 걸렸다.

지금, 당신이, 전화를, 끊었어?

지우의 이가 딱딱 부딪히며 섬뜩한 소리를 냈다.

가게에 돌아온 아영이 무슨 일이냐고 물으려다가 흠칫 놀라 구석으로 달아났다. 지우를 알게 된 이후 처음으로 보는 표정을 하고 있을 것이다.

지우 역시 이토록 격렬한 분노를 느낀 건 오랜만이었다.

소설 속에서 '살의가 치민다'는 표현을 볼 때마다 너무 드라마틱하다고 생각했는데 지우는 오늘에야 그게 무슨 뜻인지 깨달았다.

송지우는 지금 살의가 치민다. 다른 누구도 아닌 권도진에게.

나름 경건한 마음가짐으로 만들어야 할 교회용 장식 꽃을 최대한의 분노를 실어 다다다 해치운 뒤 지우는 쭈뼛거리는 아영을 조기 퇴근시켰다.

누가 보면 미친 여자처럼 마감 정리를 하던 그녀는 입간판 두 개가 동시에 넘어져 있는 걸 보고 눈을 치켜떴다.

"뭐야, 하다 하다 너까지 나한테 이래?"

동네 꼬마들이 장난치고 갔는지 백묵으로 쓴 글자가 지

워지고 대신 'REVENGE TIME(복수의 시간)', 'TRICK OR TREAT(과자를 안 주면 장난칠 거야)' 따위의 문구가 쓰여 있었다. 엎친 데 덮친 격으로 발자국마저 떡하니 찍혔다.

발 크기를 보아하니 유치원생이나 초등학생은 아닌 것 같고 이놈의 망할 남중생들이 너무 이른 시간부터 불금 기분을 낸 모양이다.

"하여튼 남자들이란."

지우가 시계를 확인했다. 도진의 소중한 고객님께 꽃바구니를 전달해야 하는 시간까지 25분이 남았다. 액셀을 좀 밟으면 간당간당하게 제시간에 도착할 수 있을 것 같다.

마음 같아선 바쁘다는 핑계로 주문을 확 재껴서 도진이 난처해하는 꼴을 보고 싶었지만 근면성실 송지우가 그럴 수 있을 리 만무하다.

친구의 오빠에게 싼 값에 넘겨받은 고물차. 지우는 꽃바구니들을 조심스레 옮긴 후 운전석 안전벨트를 조여 맸다. 오늘 앞을 가로막는 놈은 벤츠라도 봐주지 않을 거다.

소싯적 운전 강사님 다리를 풀리게 한 스피드레이서 송지우가 도로 위에 떴다. 모두들, 각오 단단히 하시길.

◆　　　◆　　　◆

제일 먼저 도착한 곳은 스파 숍이었다. 고급스러운 인테리어의 로비에 들어서자마자 은은한 아로마 향기가 지우를 감쌌다. 신선한 생화 향을 최고로 치는 지우의 코에도 이 향기는 매혹적이었다.

"안녕하세요, 엘리자베스 스파 앤 에스테틱입니다. 어떻게 오셨습니까?

"네, 안녕하세요. 여기 김경희 고객님께 꽃바구니 배달입니다."

"김경희 고객님. 네, 잠시만 기다려 주십시오."

세련된 유니폼의 여직원이 내선 전화를 돌렸다. 그동안 지우는 최대한 태연한 표정을 유지하면서 로비를 구경했다.

3층짜리 건물을 통째로 쓰는 데다 샹들리에가 있는 스파 숍이라니. 손톱 관리 받는 값도 아까워하는 지우는 아마 평생 찾을 일이 없을 가게였다.

"오래 기다리셨습니다. 2층 벨벳 룸으로 가시면 됩니다."

"감사합니다."

대답은 야무지게 해 놓고 어디로 올라가야 할지 몰라 잠깐 헤맸다. 조용히 지우를 지켜보던 여직원이 직접 안내 데스크 바깥까지 나와 엘리베이터를 잡아 주었다.

2층에 내리자 1층보다는 작은 규모의 안내 데스크가 눈에 들어왔다. 벨벳 룸, 이라는 말이 채 끝나기도 전에 온화한 미소를 띤 여직원이 데스크 밖으로 나와 해당 호실 바로 앞까지 안내해 주었다.

이곳 직원들은 하나같이 열정적이라 배달원에게조차 과한 친절을 베푸는 듯하다. 약간 어리둥절하기도 하고 부담스럽기도 해서, 지우는 얼른 고객에게 꽃을 전달한 뒤 나가고 싶은 마음이었다.

지우는 정중하게 노크를 하고 관리실 안으로 들어갔다. 상당히 넓은 룸이 고객 한 명을 위한 독실이란 것에 놀라면서 인사를 했다.

"안녕하세요, 권도진 작가님이 보내신 꽃바구니와 샴페인입니다. 김경희 고객님 맞으신가요?"

"권 작가님이? 아, 맞아요. 맞아. 제가 본인이에요."

상대는 지우의 또래 정도로밖에 보이지 않았다.

다만 포니테일에 청바지 차림인 지우와 달리 주름 하나 없는 화이트 셔츠와 허리선이 높은 스커트를 멋들어지게 소화해 내는 미인이란 점에서 차이가 있었다.

여자로서의 레이더가 본능적으로 작동했다.

도진과 미인은 정확히 어떤 관계일까? 같은 업계 사람인가? 잘 보여야 하는 소중한 고객이라고 했으니 클라이언트라도 되는 걸까?

온갖 망상이 떠올랐지만 지우는 일단 깍듯하게 고개를 숙여 예의를 갖췄다.

"안녕하세요, 꽃집 'Song'의 대표 송지우입니다. 권도진 작가님의 부탁으로 오늘 제가 직접 뵙고 꽃바구니를 전달해 드리게 되었습니다. 어디 놓아 드릴까요?"

"저쪽 테이블 위로 부탁해요."

"알겠습니다."

지우는 꽃바구니와 샴페인을 내려놓으면서 왜 여자가 묘한 표정으로 자신을 주시하는 기분이 드는 건지 궁금했다. 꼭 웃음을 억지로 참으려는 얼굴 같달까.

어쨌건 이렇게 배달 한 건이 끝났다. 평소보다 공들인 멘트로 마무리하고 돌아서려는데 여자가 잠깐, 하고 지우를 불러 세웠다.

"저기, 내가 지루한 걸 못 참거든요. 그런데 같이 오기로 한 친구가 방금 전에 약속을 취소해 버렸네? 혼자 관리 받기 정말 싫은데 지우 씨가 같이해 줄래요?"

"……네?"

"이미 결제까지 끝내 버린 거라, 이대로는 돈이 아깝잖아요. 나 좀 도와주는 셈치고 옆에서 같이 관리 받아요."

고급스러운 룸을 전세 내고 앉아 있는 아가씨 입에서 돈 아깝다는 얘기가 나오니 왠지 모르게 위화감이 들었다. 게다가 저토록 당당하게 요구하는 모습이라니?

배달원에게 공짜 관리를 권유하는 이상한 행동은 둘째치고 그 근거 모를 당당함에서 지우는 신선한 충격을 받았다.

"아, 저, 말씀은 감사하지만 제가 다음 배달이 밀려 있어서요."

"빨리 끝나요. 이거 30분 코스예요."

그냥 혼자 받으시는 게 어떠냐고 되묻고 싶었다. 아무리 지루한 걸 못 참는다고 해도 그 정도는 딴생각하면서 충분히 보낼 수 있지 않나?

하지만 여자는 더 이상 거절할 틈을 주지 않겠다는 듯 옆방에서 대기하고 있던 직원을 바로 불렀다.

처음엔 예의 바르게, 나중엔 곤란한 나머지 거의 울다시피 사양했지만 여자도 직원도 모두 한통속인 듯 지우의 말을 들어 주지 않았다.

30분 뒤.

지우는 데스크 여직원의 상냥한 배웅을 뒤로하고 스파 숍을 나섰다. 도대체 무슨 일을 당한 건지 정신이 하나도 없었다.

차로 돌아와 시동을 건 지우는 무의식중에 손을 들어 제 얼굴을 만져 봤다. 손등도 쓸어 보고 소매를 걷어 팔도 문질렀다.

마사지를 하던 직원이 연신 아기 피부라고 감탄했던 살결은 이제 꽃잎같이 보드라워져 있었다.

와, 이게 내 피부야? 화장을 하지 않은 맨 얼굴임에도 촉촉한 윤기가 돌아서 시간 여유만 있다면 고개를 빳빳이 쳐들고 시내를 활보하고 싶은 심정이었다.

"이래서 여자들이 비싼 돈 주고 관리 받는 거구나……. 잠깐, 지금 몇 시지?"

시계를 확인한 지우의 눈이 경악으로 질렸다. 4시 35분! 4시까지는 배달을 마쳐야 한다던 도진의 말이 귓가에 맴돌았다.

스피드! 스피이이드!

도진이 배달지 주소는 알려 줬지만 받는 사람 연락처까지는 불러 주지 않은 터라 지우는 고객이 아직 배달지에 있는지 확인할 수 없었다. 그저 신호 위반을 하지 않는 선에서 최대한 가속페달을 밟을 뿐이었다.

"안녕하세요, 이민섭 고객님께 꽃바구니 배달 왔습니다."

혹시 고객이 안 계시면 욕먹을 각오를 하고 도진에게 다시 전화를 걸어야 한다. 솔직히 아까 전의 냉담한 반응을 떠올려 봤을 때, 그가 전화를 받을는지조차 확신할 수 없었다.

"꽃집 'Song'의 대표 송지우입니다. 권도진 작가님께서……."

이건 무슨 조화일까?

뽈테 안경을 걸친 고객을 확인하고 가슴을 쓸어내리며 인사하는데 남자가 대뜸 지우의 팔을 잡아끌었다.

30분 뒤.

지우는 속옷까지 모조리 새것으로 갈아입혀진 채 터털터덜 건물을 나섰다. 갈아입은 게 아니라 '갈아입혀진' 게 맞는 표현이었다. 그나마 다행인 건 정확한 가슴 치수 측정을 여직원이 해 준 거랄까.

수십 벌의 옷을 대 보고 또 걸쳐 봐야 했던 곳. 이곳은 젊은 디자이너의 옷가게였다.

이쯤 되면 마지막 배달지 주소를 의심스러운 눈으로 쳐다볼 수밖에 없다. 스파 숍에서 만난 아가씨는 그래도 혼자 관리 받는 게 심심하다는 이유라도 말해 줬지.

두 번째 고객님은 과묵하기 이를 데 없어 '그건 안 돼', '별로', '다음', '그다음' 같이 짧은 말만 되풀이할 뿐이었다. 서늘한 기세가 무서워서 지우는 입도 벙긋하지 못한 채 가게 사람들이 시키는 대로 따랐다.

마지막 배달지는 '뤼미에흐(lumière)'. 요즘은 상호 명을 모호하게 짓는 게 유행인가 하는 의문이 문득 들었다.

뤼미에흐 네 글자만으로는 이게 무슨 업종인지 감도 잡을 수 없다. 지우는 궁금한 나머지 인터넷 검색을 돌려봤다.

역시 딴 사람들도 다 비슷비슷하다는 건 루미에르, 뤼미에

레 등 다채로운 표기로 확인할 수 있었다. 그래도 루이제는 좀 심했다.

검색 끝에 지우는 자신이 이제 배달갈 곳이 미용실이란 사실을 알아냈다. 백 퍼센트 회원제, 예약제로만 운영하는 입에 떡 벌어지게 호화로운 가게란 것도 알았다.

지우는 지인의 지인을 동원한 끝에 간신히 아무개 선생님께 예약을 걸 수 있었다는 블로그 포스트를 한참이나 들여다보았다.

"설마."

하지만 솟구치는 의혹을 무시하기엔 지금 자신의 차림이 너무 화려했다.

허리를 조였다가 풍성하게 떨어지는 A라인의 블랙 홀터넥 원피스, 아찔한 벨벳 스틸레토 힐, 손목을 휘감고 있는 여러 겹의 골드 링 팔찌에 클러치와 숄까지.

이제 남은 거라곤 머리와 화장뿐이다.

지우는 오싹한 기분에 떨면서 시동을 걸었다. 미용실까지 거리는 가까웠다. 얼룩 한 점 없는 유리문을 열고 들어선 지우는 일단 원래 의도를 밝혔다.

"안녕하세요, 꽃집 'Song'의 대표⋯⋯."

미용실 직원들은 더 들을 것도 없다는 듯 꽃바구니와 샴페인을 빼앗아 가더니 지우를 끌고 가 거울 앞에 앉혔다.

자기들끼리 옷가게 주인의 안목이 쓸 만하다 어쩌다 품평하다가 업스타일을 하기로 결정했다.

저기요, 여기 사람이 있어요…….

1시간 뒤.

지우는 거울 속 낯선 여자의 모습을 하염없이 들여다보았다.

자아도취에 빠진 것도 아닌데 도무지 눈을 뗄 수가 없었다. 그윽한 눈매는 섹시하고 자연스럽게 흘러내린 잔머리는 청순했다.

예쁘다. 이 한마디로 모든 게 설명됐다. 전혀 다른 송지우로 변신하였다.

"슬슬 배고프시죠?"

예술 작품을 빚어 낼 기세로 무섭게 집중하던 직원이 이제야 웃으며 말을 걸었다.

그러고 보니 벌써 저녁 시간이 되었다. 이대로 집에 들어가면 아까우니 친구들이라도 불러내야 하는 걸까 고민하는데 직원이 작은 쪽지를 내밀었다.

"이곳으로 가시면 됩니다."

"네에……."

날카롭게 흘려 쓴 주소는 도진의 글씨체였다. 이번에도 연락처가 따로 없는 모호한 상호명이었지만 지우는 이제 묘한 기대감 때문이라도 검색을 하지 않기로 마음먹었다. 이다음엔 뭐가 기다리고 있을까?

미용실을 나와 차로 걸어가는데 지우를 향한 사람들의 시선이 느껴졌다. 간지럽고 부끄러우면서도 으쓱한 기분.

마치 공주님이라도 된 듯한 기분에 다음 장소로 이동하는 내내 지우의 입가에선 미소가 떠나지 않았다.

반짝반짝 조명이 아름다운 레스토랑에 도착한 그녀는 직원의 안내에 따라 창가로 걸어갔다.

창밖에 시선을 둔 도진이 그곳에 있었다.

반가웠다. 설레고 벅찬 감정이 지우를 찾아왔다. 하지만 벌써부터 그에게 맥을 못 추는 모습을 보이면 곤란하겠지. 지우는 일부러 도진에게 시선을 주지 않고 새침한 표정으로 의자에 앉았다.

"오랜만이네요."

도진이 느릿하게 고개를 돌렸다가 지우를 본 순간 그대로 굳었다. 미간에 힘이 들어가더니 이내 시선을 내려 그녀를 아래위로 훑었다.

뭐야, 나 어색한가? 지우는 겉으론 아무렇지 않은 척했지만 불쑥 치미는 걱정에 주눅이 들었다.

"나 배고픈데. 여기 메뉴는 안 가져다주나?"

"······이미 주문했어."

"내 의사는 묻지도 않구요?"

지우가 볼멘소리를 냈지만 셰프 추천 코스를 시켰다는데 딱히 받아칠 말이 없었다. 왠지 메뉴판을 봐도 프랑스어나 이탈리아어로 줄줄 적혀 있을 것 같은 분위기다.

뭐가 맛있는지도 모르겠으니 그냥 내오는 대로 먹기로 했다. 게다가 말은 그렇게 했어도 주문을 취소하고 새 주문을 넣을 마음 같은 건 없었다.

여전히 새치름한 얼굴로 물을 마신 그녀는 결국 궁금함을 참지 못하고 도진을 힐끔 쳐다보았다. 은연한 조명을 받고 있는 얼굴이 조금 마른 것 같아 속이 상했다.

"그간 어떻게 지냈어요?"

지우가 자리에 앉은 이후로 그녀에게서 한순간도 시선을 떼지 않던 도진이 한숨 같은 웃음을 흘어 냈다.

"잠깐 눈 붙이는 시간 빼고는 죽자 살자 일했지. 일정이 변경된 게 있어서 그거 맞추느라 고생했어."

"얼굴이 상했어요."

"어, 응급실도 한 번 갔다 왔고."

지우의 눈이 삽시간에 매서워졌다. 또 몸을 돌보지 않고 일했어? 작업실에 쓰러져 죽어 가진 않을까 걱정했는데 그게 실제로 일어났단 말인가?

별일 아닌 듯 덧붙이는 말이 속을 더 뒤집어 놨다.

"이번엔 직접 부를 정신은 있었다고."

참 대단하시다고 쏘아붙여 줄까 하다가 그만뒀다. 무엇보다 지우는 인터넷에서 도진을 죽일 듯이 욕하는 사람들을 데려다가 이 모습을 보여 주고 싶었다.

동네 사람들, 이 남자 좀 보시라고.

당신들이 변태에 속물에 돈을 벌기 위해서라면 도덕 윤리 따위 상관 안 할 놈이라 욕하는 남자가, 어딜 가든 먹힐 외모로 여자들을 먹고 다니는 게 분명하다고 주장하는 남자가 이토록 성실하게 살고 있다는 걸 알리고 싶었다.

도진이 억울한 나머지 실소를 흘리는 것도 무리가 아니었다. 그는 여자들을 만나고 다니기는커녕 제 몸조차 컨트롤하지 못하고 일하는 워커홀릭인데 말이다.

"보고 싶었어."

속상하고 답답한 마음에 눈을 흘기는 지우를 보면서 그가 나직이 말했다.

"진심으로 보고 싶었어. 진짜, 정말…… 하, 입 밖으로 내어 말하니까 울컥하네."

도진이 쓴웃음을 지으며 눈가를 문질렀다.

"미치는 줄 알았어."

속삭임이나 다를 바 없는 그의 말에 지우를 둘러싸고 있던 얇디얇은 벽이 파스스 부서져 내렸다. 그제야 지우는 깨달았고, 모든 게 확실해졌다. 자신은 도진의 사과를 바란 게 아니었던 것이다.

도진이 사과할 이유는 없었다. 끊기다시피 한 연락? 어차피 그가 집에 틀어박혀 일만 하고 있다는 사실을 하늘도 알고 땅도 알고 피차간에 다 아는데 이제 와 그게 뭐 그리 중요할까.

물론 다음부턴 좀 더 다정하게, 그리고 미리 사정을 이해시켜 주면 좋겠지만 말이다.

전혀 생각지도 못한 타이밍에 찾아온 깨달음에 지우는 떨리는 가슴을 꾹 눌렀다. 그녀가 원했던 건 그냥 도진 자체였다.

인정하고 나니까 쉬웠다. 그래, 그녀가 필요로 한 건 그냥 도진이었다. 도진은 미안하다는 말을 꺼내지도 않았는데, 그의 보고 싶었다는 한마디에 그간의 설움이 다 풀리는 건 지우가 정말 그를 좋아하기 때문이리라.

나도 보고 싶었다고 할까?

"그렇게 보고 싶었으면 연락을 하든가요……."

괜히 투정 부리고 싶은 마음에 지우가 입술을 샐쭉했다.

"목소리 들으면 더 힘들잖아. 아슬아슬하게 버티고 있는데 네 목소릴 들으면 다 집어치우고 달려갈 것 같았어. 그래서 오히려 더 매정하게 끊어 냈지."

"두 번 매정했다간 누구 망부석 되겠네."

지우가 조그맣게 투덜거리자 도진이 품, 하고 웃음을 터뜨렸다. 조용한 레스토랑 안이라 큰 소리를 낼 순 없고, 웃음을 참는 그의 어깨가 한참을 들썩였다.

"아, 그리웠어. 송지우 유머. 일하는 내내 정말 힘들었거든. 메마른 광기가 휘몰아치는 이야기를 끌고 가다 보니까."

도진이 물 한 모금을 삼켜 목을 축였다.

"몸은 힘들고 네 생각은 나서 죽을 지경이었지. 섹스 신을 그리고 있으려니 하얗고 부드러운 피부가 떠오르고, 이어서 조르는 듯한 신음 소리와 촉촉한……."

"거기까지."

지우가 기겁하며 주위를 살폈다. 테이블 간의 간격이 멀고 레스토랑 전체에 잔잔한 음악이 깔려 있어 천만다행이었다.

"크랩과 관자, 구운 토마토를 곁들인 애피타이저입니다."

"권도진 씨, 음식 나왔어요. 빨리 먹어요."

지우는 서버의 등장을 열렬히 환영하는 동시에, 혹시 말쑥한 차림의 서버가 도진의 말을 듣진 않았을까 안절부절못했다. 정작 공공장소에서 야한 말을 꺼낸 당사자는 귀엽다는 눈으로 그녀를 보고 있음에도.

"……맛있다."

지우가 정신없이 절반을 먹어치웠을 쯤에야 도진이 포크를 들었다. 자기도 추천받아서 처음 왔는데 지우가 마음에 든다면 다행이라고 한다. 솔직히 여자와 이런 곳에 와 보는 것도 처음이라며.

다리를 꼬고 앉아 창밖을 보던 모습이 너무도 자연스러워서 지우는 이곳 단골이기라도 한 줄 알았다고 대답했다.

대화를 나누며 맛있는 것을 먹는다. 간간이 웃음을 터뜨리기도 하면서 함께 먹고 마신다. 이처럼 단순하면서도 마음 따뜻해지는 일이 또 어디 있을까.

디저트로 나온 케이크와 커피까지 깨끗이 비운 지우가 만족스러운 미소를 띤 채 물었다.

"우리 이제 어디 가요? 배도 부른데 조금 걸을까요?"

"그걸 신고 걸어 다닐 순 있겠어?"

도진이 걱정스러운 눈으로 지우의 발치를 내려다보았다. 가느다란 굽이 섹시하면서도 위태로워 보인다.

지우는 시험 삼아 발을 움직여 봤다가 고개를 저었다. 맛있는 밥을 먹는 동안 구두를 깜빡하고 있었다.

"아직 괜찮긴 한데 곧 아파질 것 같아요."

"안에 들어가서 쉬라는 계시야."

도진은 눈 하나 깜짝하지 않고 그렇게 말했다. 그가 말하는 '안'이란 게 지우의 집을 뜻하지는 않을 것이다. 혹시 이

구두는 도진이 고른 걸까?

지우는 코웃음을 치면서도 폰을 꺼내서 남동생에게 외박 통보를 날렸다. 친구 집에서 금요일 기분을 내겠다는, 지난번과 같은 핑계였다.

휴대폰 카메라를 몰래 켜서 화장을 체크하는 걸로 일어설 준비를 마쳤는데 정작 도진이 미적거렸다. 아직 가게 문 닫으려면 한참 남았으니 천천히 가도 된다고 그녀를 붙잡았다.

낌새로 미루어 보아 분명 뭔가를 말할까 말까 고민하는 모양새였다.

지우의 독촉 끝에 도진이 꺼낸 것은 A4 크기의 스케치북이었다. 그것을 지우에게 건네주는 순간까지도 고민하는 기색이 역력했다.

"난 속 뒤집어 놓는 말은 잘하지만 진심을 드러내는 덴 약하니까……."

오랜만에 맞는 말을 한다. 지우는 기분이 좋아져 스케치북을 냉큼 건네받았다. 한때 유행했던 스케치북 고백이라도 따라 한 것일까. 그렇다면 정말 귀엽겠는데 말이다.

표지를 넘기자 맨 첫 장에 나타난 건 바다 위를 건너는 검은 새 떼였다. 웹툰과는 전혀 다른 서정적인 그림체에 지우는 조금 놀랐다.

다음 장에도 검은 새 떼는 바다 위를 날고 있었다. 육지는 요원하고 태양은 뜨겁게 내리쬐었다. 새들은 지쳐 갔고 하나둘 낙오해 차디찬 바다 위로 떨어졌다. 그러면 검푸른 파도는 기다렸다는 듯 작은 몸을 집어삼키곤 했다.

물 한 모금 마시지 못한 채 날갯짓만을 이어 가야 하는 고된 여정. 드디어 저 멀리 육지가 나타났을 때 원래 대열에서 살아남은 새는 극소수에 불과했다.

그리고 몇 안 되는 새들은 이내 좌절했다. 우거진 수풀에 물과 열매가 풍부할 줄 알았던 육지가 가까이서 보니 작고 피폐한 섬이었기 때문이다.

나무라곤 다 말라 죽어 가는 서너 그루가 전부고 작열하는 햇볕을 피할 그늘 하나조차 없었다.

새들은 절망 속에서 천천히 죽어 갔다.

이전에 섬에 머무른 자들의 흔적이 발견되어 남동쪽으로 닷새만 더 날아가면 풍요로운 육지에 내려앉을 수 있다는 사실을 알게 된 후에도 달리 변하는 건 없었다. 모든 것을 놓아 버린 새들은 다시 도약할 힘을 완전히 잃고 말았다.

그중에 살아남은 한 마리가 있었다. 살아남았다기보다 아직 숨이 붙어 있다는 표현이 어울렸다. 약하게 붙어 있는 호흡은 내일 태양이 뜨기 전 조용히 멎을 것이다.

한때 밤하늘이 부럽잖게 빛났던 검은 깃털은 듬성듬성 빠졌고 영양을 섭취하지 못해 허연 각질이 일어났다. 부리에는 피가 맺혀 있었다. 발톱은 남아 있는 게 몇 개 없다.

이대로 죽을 수밖에 없을까. 그렇다면 조금이라도 나은 곳에서 숨을 거두고 싶다. 검은 새는 묏자리를 찾는 데 마지막으로 남아 있는 힘을 쏟아부었다. 그렇게 밤이 찾아왔고 새는 눈을 감았다.

어둠 속에서 검은 새를 어루만지는 손길이 있었다. 그것은 무척 포근한 느낌이었다. 죽어 가는 새의 부리 사이로 먹이를 넣어 주었고 다친 상처를 치료해 주기도 했다.

상냥한 손길은 새를 육지까지 데려다 주었다. 가까스로 기력을 회복한 검은 새는 눈을 떴고 자신을 구해 준 이가 어부 아버지를 따라 바다에 나왔던 소녀란 걸 알게 되었다.

새는 건강을 되찾았다. 이제 자신이 애타게 꿈꿔 온 기름진 땅을 밟고 푸르른 하늘을 날며 살아갈 일만 남았다. 하지만 그전에, 자신에게 새로운 삶을 허락해 준 소녀에게 고마운 마음을 표현하고 싶었다.

오랜 관찰 끝에 소녀가 꽃을 좋아한다는 사실을 알아낸 검은 새는 떨리는 마음으로 가장 아름답고 가장 완벽한 꽃을 골랐다.

부디 소녀가 자신의 꽃을 좋아해 주길 간절히 바라면서, 소녀가 꽃말에 담긴 뜻을 알아주길 기도하면서.

검은 새는 소녀가 잠든 창가에 내려앉아 물고 온 꽃 한 줄기를 내려놓았다. 그리고 애틋한 마음으로 아침이 오길 기다렸다.

스케치북의 마지막 장에는 수줍게 핀 붉은 꽃이 그려져 있었다.

지우는 말없이 그림을 응시했다. 너무 뚫어지게 그림을 쳐다보느라 그사이 도진의 표정이 몇 번이나 바뀌었다는 사실을 알아채지 못했다. 자신감은 불안으로, 급기야 조바심으로 변해 갔다.

"못 알아……보겠어?"

설마 그럴 리 없다는 전제는 연기처럼 사라진 지 오래다.

지인에게 추천받은 대로 모든 예약을 끝낸 뒤, 도진은 그럼에도 지워지지 않는 아쉬움에 입술을 깨물었다.

지우가 소중하게 대접받는 기분을 느끼게 해 주는 것까진 좋다. 하지만 오랜만의 만남을 단순히 기분 내기용으로만 끝내고 싶지 않았다. 무엇보다 자신의 마음을 전달하고 싶은데 말로 하는 고백은 자신이 없었다.

그래서 도진은 스케치북을 사 와 그림을 그리기 시작했다. 원고 작업을 하는 것만큼이나 공을 들였지만 다하고 나면 진이 빠지는 원고와 달리 검은 새를 그리는 동안은 더없이 평화로웠다.

마지막 장은 지우가 좋아하는 꽃으로 끝내고 싶어서 난생 처음 꽃말을 찾아봤다.

정열, 순정, 신실함, 희생 같은 많은 꽃말 중에서도 첫눈에 그의 마음을 앗아 간 문구가 있었다. 도진은 꽃의 사진을 찾아봤고 곧 그것을 보고 스케치했다.

지우가 꽃말이니 탄생화니 하는 것을 줄줄 읊는 모습을 봤기에 그녀가 꽃말을 모를 거라는 생각은 하지 않았다. 그럼 문제는 하나밖에 없다.

그가 꽃을 제대로 그리지 못했다는 거.

밤을 새워 준비한 고백이 마지막 그림 한 장 때문에 망쳐지게 생겼다. 도진의 표정이 심각해진 것도 무리가 아니었다.

"여기, 꽃잎 모양을 자세히 보면……."

"……세이지죠?"

지우가 울먹한 소리로 되물었다. 그녀의 입에서 정답이 나온 순간 도진은 안도의 한숨을 쉴 뻔했다. 한결 편해진 그의 얼굴에서 답을 읽은 지우는 복잡한 표정을 했다.

"하지만 세이지는, 이건……."

어떻게 받아들여야 할지 모르겠다는 얼굴로 자신에겐 과분하다는 소릴 했다. 도진의 입술이 부드럽게 호를 그렸다. 그의 소녀는 엉뚱한 데서 자신을 낮추는 경향이 있었다.

"과분하지 않아. 알고 있는 뜻 그대로야."

"도진 씨……."

"고마워. 그날 식물들을 돌보러 와 줘서. 내 집에 들어와 얼토당토않은 요구를 들어줘서."

지우가 애써 울음을 참았다.

"다 고마워."

하지만 눈물방울이 원피스 위로 뚝 떨어졌다. 도진이 손을 뻗어 지우의 눈가를 닦아 주었다.

한 명은 울고, 다른 한 명은 차분히 상대를 달랜다.

그런 두 사람 사이에는 여전히 마지막 장이 펼쳐진 스케치북이 놓여 있었다.

세이지(Sage) 또는 샐비어(Salvia)라고 불리는, 비록 화려한 멋은 없어도 작고 붉은 꽃잎이 어여쁜 꽃.

당신은 나의 구원입니다.

도진의 마음을 완벽하게 대변하는 꽃이었다.

❖　　　❖　　　❖

쏴아아아아.

샤워 부스 바닥 위로 쏟아지는 물줄기 소리를 들으며 지우는 제 몸을 감싸 안았다.

더운 수증기가 피어올라 어느 정도 시야가 가려졌지만 도진과의 거리가 너무 가까워 소용이 없을 것 같았다. 물을 맞는 부분은 따뜻해도 오롯이 드러난 맨 어깨가 시렸다.

문제는 공기의 온도가 아니라 도진의 시선일까. 지우가 몸을 씻기 위해 샤워기를 트는 순간 달칵, 하고 열리던 욕실 문.

도진은 정욕이 일렁이는 눈으로 그녀의 나신을 샅샅이 훑어 내렸다.

그리고 지금, 두 사람은 실오라기 하나 걸치지 않은 맨몸으로 샤워기 아래 서 있다. 씻겨 주겠다는 그의 말이 믿음직스럽지 않게 들렸다. 스펀지에 거품을 낸 도진이 먼저 자신의 몸을 문지른 뒤 지우를 향해 다가왔다.

하얀 거품 사이로 빳빳하게 선 도진의 것이 끄덕거렸다.

혼자 할 수 있다며 스펀지를 빼앗아 보려 했지만 애당초 가능할 리 없었다. 지우가 얕은 숨을 받아내며 뒷걸음질을 쳤다. 채 두 걸음을 가기도 전에 등 뒤로 차가운 타일이 닿았다.

"그냥 같이 씻는 것뿐이야."

샤워 부스 안에서 도진의 낮은 목소리가 울렸다. 물소리를 멀어지게 하는, 색스럽고 아주 위험한 목소리였다.

"뭘 그리 긴장해?"

"긴장한 게 아니라……."

그가 지우의 목 구석구석을 닦았다. 부드러운 손길로 어깨까지 문지른 도진은 당연한 순서라는 듯 지우의 가슴으로 내려왔다. 스펀지가 가슴 위로 미끄러질 때마다 지우는 아릿한 자극에 흠칫 떨었다.

오뚝 선 장밋빛 유두가 도진의 시선을 옭아맸다. 목과 어깨를 닦을 때보다 훨씬 오랫동안 가슴을 문지른 그는 스펀지를 쥔 채 엄지 끝으로 유두를 굴렸다.

"으흑."

바로 만족스런 반응이 나왔다. 아직 키스조차 하지 않았는데 지우의 몸이 이만큼이나 예민하게 달아 있다는 사실이 그를 기쁘게 했다.

"추워? 그렇진 않지?"

"안 추워요…… 아, 흐으, 읏!"

도진은 스펀지로 가슴을 문지르는 동시에 다른 한 손으로 지우의 가슴을 강하게 움켜잡았다. 탱탱한 탄력이 손바닥 전체에서 느껴졌다. 거품 때문에 자꾸 손이 미끄러졌지만 그마저 색다른 자극으로 다가왔다.

강도를 달리해 주물렀다 놓을 때마다 지우가 몸을 비틀며 희미한 신음을 흘렸다. 오늘따라 녹을 듯한 살결이 흰 거품

211

묻은 가슴과 어우러져 도진의 머릿속을 빠른 속도로 비워 갔
다.

"너 지금 되게 야해."

지우의 입술 바로 위에서 도진이 속삭였다. 그가 느릿하게
스펀지를 움직여 지우의 가슴 뒤로 돌아갔고 그녀를 끌어안
다시피 한 채 등을 문질렀다.

지우의 가슴과 배가, 매끈한 두 다리가 모두 도진의 몸과
닿았다. 그가 이미 비누칠을 한 탓에 서로의 몸이 마찰되기
무섭게 미끄러졌다.

그 와중에 도진의 것이 지우의 아랫배를 찌르며 존재를
알려 왔다. 각도를 조금이라도 바꿔 틀면 그대로 그녀의 안
을 파고들 것 같은 느낌이 들었다.

"도진 씨, 씻고 밖에 나가서 해요."

"하다니, 뭘?"

고백은 그림으로 대신하더니 이럴 땐 능청스럽기 짝이 없
다. 지우가 난처해하는 모습을 그리도 보고 싶을까.

지우는 시선을 내린 채 작게 말했다.

"침대에 가요."

"샤워를 침대에서 할 순 없잖아."

"……진짜 악취미야."

분한 듯 뱉어 낸 말에 도진이 웃었다. 그래도 샤워기를 들

🦢

어 몸을 씻는 걸 보고 제 말을 들어주는구나, 하는 지우였다.

이미 함께 밤을 보낸 사이지만 두 번 모두 어두운 실내였고, 욕실의 환한 LED 조명은 아무래도 부담스러웠다.

좀 떨어져 있어야 훈김에 몸을 가리기라도 하지, 밝은 데서 이렇게 밀착해 있는 건 아직 부끄럽다.

도진이 제 몸을 다 씻은 뒤 지우에게 샤워기를 건네주었다. 한데 기꺼이 받으려고 손을 뻗는 순간 도로 거둬 가는 건 무슨 장난이란 말인가?

"빨아 줘."

샤워기를 인질로 잡은 채 도진이 말했다. 적나라한 요구 사항과 대조적인, 더없이 다정다감한 목소리로.

"한 번만 입에 넣어 줘. 딱 한 번. 끝까지 가지도 않을게."

못 들은 척하고 샤워기를 낚아채려 했지만 지우의 키로는 어림도 없었다. 지우의 말간 얼굴이 난감함으로 일그러졌다. 도진이 원하는 게 뭔지 정확히 알고 있다. 징그럽다거나 이상하다고 생각하지도 않는다.

그렇지만 이렇게 환한 곳에서 하기에는.

"지우야."

오싹하리만치 다정한 손길로 그가 지우를 이끌었다. 어쩔 수 없이 몸을 낮춘 지우는 몸집을 잔뜩 키운 그것을 대하고 막막해졌다.

최대한의 가련함과 애절함을 담아 도진을 올려다보았지만 그는 오늘 제대로 작정한 듯싶었다.

애원이 통하지 않는다. 지우는 한숨을 내쉰 뒤 천천히 입을 벌렸다.

먼저 두툼하게 튀어나온 선단을 살짝 입술로 물었다. 물기와 타액 때문에 움직임이 힘들지는 않았다. 조심스럽게 입술을 비비고 혀를 내어 끝을 한 번 쓸었는데 벌써부터 앓는 소리가 위에서 터져 나왔다.

동시에 독특한 맛이 나는 묽은 액이 방울져 나왔다. 지우는 이로 긁지 않으려 신경을 곤두세운 채 기둥까지 쭉 입에 담았다.

"하아……"

도진이 고개를 뒤로 젖히며 신음을 토해 냈다. 지우의 머리카락에 한 손을 파묻고 그녀를 달래듯 부드럽게 만졌다. 잘하고 있다는 듯, 계속하라는 듯 그녀를 부추겼다.

입안을 꽉 채울 만큼 머금는 건 힘겨웠으나 그래도 지우는 작은 입으로 오물오물 그를 자극했다. 그가 자신에게 했던 것을 떠올리며 혀를 내어 핥기도 하고 틈새만 꼭꼭 눌러 주기도 했다.

그 모습이 아찔하게 예뻐서 도진은 두 다리로 서 있는 것조차 힘들 지경이었다. 지우의 입에서 느끼는 쾌감도 쾌감이지만 그녀가 제 것을 물고 있는 모습을 보는 건 엄청난 흥분으로 돌아왔다.

"잠깐. 이제 그만, 됐어."

도진이 떨리는 손으로 그녀를 떼어 냈다.

욕실 수납장의 콘돔을 가지러 걸어가는데 허벅지에 경련이 일었다. 수건으로 대충 물기를 닦아 낸 그가 제 것에 콘돔을 씌우자 그걸 보던 지우의 눈이 커졌다.

"……여기서요?"

그녀를 타일 벽과 자신 사이에 가두고 허리를 감아 안았다. 거절할 틈도 주지 않고 손가락을 갖다 대어 보았다. 아까 가슴과 등을 자극한 덕분인지 약간의 애액이 손끝에 묻어 났다.

충분하지 않을지 몰라도 여기서 더 참는 건 무리다. 도진은 지우의 다리를 벌린 뒤 단번에 자신의 것을 파묻었다.

"흑! 으응……."

지우의 몸이 위로 밀려 올라갔다. 시험 삼아 허리를 뺐다가 넣어 본 도진은 조금 뻑뻑하긴 하지만 이 정도는 괜찮다고 판단했다. 곧 미친 듯이 박아서 다리 사이로 흐르게 만들어 줄 테니까.

그는 아예 지우의 몸을 들어 올려 다리로 제 허리를 감게 했다. 이제는 오로지 도진의 허리와 허벅지 힘으로만 그녀를 지탱하게 되었다.

힘은 좀 들지 몰라도 결합은 더욱 깊어진다. 그리고 도진은 그게 마음에 들었다.

"도진 씨, 너무, 빨라요."

지우의 항의가 커질수록 도진은 부지런히 몸을 움직였다. 더 꼼꼼히 찔러 넣고 자잘하게 흔들었다. 그의 예상은 맞아떨어져서 시간이 흐름에 따라 지우의 안도 충분히 녹진해졌다.

첫날엔 자신이 먼저 나가떨어진 걸 도진도 알고 있었다. 하지만 오늘은 지우의 몸도 처음이 아니고 그건 자신 역시 그러하다.

제 쾌감보다 지우를 앞세우자 그녀의 반응이 달라졌다. 항상 마지막 순간까지 남아 있던 부끄러움도 벗어던진 채 더 만지고 더 안아 줄 것을 애원했다. 그에게 매달려 스스로 허리를 흔들기도 했다.

절정의 끝에서 모든 걸 쏟아 낸 도진은 지우를 있는 힘껏 끌어안았다. 제대로 씻고 침실로 돌아와 누웠을 때도 포옹을 풀지 않아서, 이러면 자기 불편하다는 타박을 지우로부터 들어야 했다.

하지만 정작 그런 말을 한 당사자가 먼저 잠이 들었다. 아기처럼 몸을 웅크렸다가 무슨 좋은 꿈을 꾸는지 살짝 입가를 움직여 미소 비슷한 걸 짓기도 했다.

도진은 단잠을 자는 지우를 한참 동안 바라보다가 흐트러진 머리카락을 쓸어 넘겨 주었다. 깨지 않을 정도로 가만가만 볼을 쓸어 보던 그는 어느 순간 지우를 꼭 끌어안았다.

따뜻하다. 편안하고, 모든 게…… 완벽했다.

그는 아주 오랜만에 달고 깊은 잠에 빠져들었다.

눈을 뜬 도진은 본능적으로 시계를 확인했다. 자정을 막 지난 12시 8분. 무의식중에 일을 해야 한다는 생각이 들었지만 곧 한동안 자유의 몸이란 사실 역시 떠올랐다.

도진은 느긋한 기분에 젖어 들어 몸을 옆으로 뉘었다. 그러자 등을 보이고 누운 채 새근새근 자고 있는 지우가 눈에 들어왔다.

잠옷으로 마땅한 게 없어 도진이 내어 준 헐렁한 티셔츠를 꿰어 입고 잠든 지우.

가만히 보고 있자니 드러난 목선이 예쁘고 등에서 허리를 지나 골반까지 떨어지는 곡선도 완벽했다. 이건 그가 꼭 사랑에 빠진 남자라서가 아니라 미술학도의 객관적인 시선으로 봐도 분명한 사실이었다.

큰일이다. 이렇게 예쁘고 사랑스러운 여자를 연인으로 두게 될 줄은 생각지도 못했으니, 도진은 이제 슬그머니 걱정이 들었다.

꽃 사러 왔다가 지우에게 껄떡대는 인간은 없겠지? 잠깐, 경계 대상을 손님으로 한정 지을 수만은 없을 것 같다. 퀵 배달부조차 우비를 빌린 핑계로 시답잖은 작업을 걸려고 했잖은가.

얼마 전 지우를 반쯤 협박하다시피 해서 퇴치한 배달부를 떠올린 도진은 굳은 표정으로 지우의 등을 쳐다보았다.

"흐으음."

제법 심각해진 도진을 비웃기라도 하듯 지우가 이쪽으로 몸을 돌려 자세를 고쳤다. 잠결에 가장 편한 자세를 잡기 위해 여러 번 베개를 고쳐 베는 모습이 귀여웠다.

이 와중에도 귀엽다는 생각이 드는 걸 보니 자신은 아마 송지우 말고는 다른 생각을 할 수 없게 된 모양이다.

"예쁘고 귀엽고……. 난리다, 권도진."

실소가 나왔다. 잠든 지우를 한결 편하게 지켜볼 수 있게 된 도진은 아무리 봐도 지루하지 않은 아름다운 실루엣을 눈에 담았다.

문득 햇살이 부서지는 수면처럼 잔잔하면서도 가득 찬 행복을 느낀 게 참 오랜만이라는 생각이 들었다. 올해 1월만 해도 자신에게 이런 날이 올 줄 상상조차 할 수 없었는데.

연재를 계속하는 한편 변호사를 찾아가 자문을 구하고 법적 절차를 밟느라 정신이 없었던 2월 초만 해도, 지우가 머릿속에 아른거리기만 했을 뿐 정말 그녀를 품에 안을 수 있으리라곤 예상치 못했다.

그런데 여기 네가 있네.

내 옆자리에 네가 자고 있어, 지우야.

잠시만이라도 시간이 이대로 멈추었으면. 도진은 그런 생각을 하며 어둠이 내려앉은 침실을 휘 둘러보았다.

별생각 없이 다시 누워 지우를 끌어안으려던 도진이 순간 멈칫했다. 침실 문이 아주 조금 열려 있었는데 그 틈새로 흐릿한 빛이 새어 들어왔기 때문이다.

아까 바깥 욕실을 쓰기도 했고 둘 다 물을 마신다고 주방에 들어간 적도 있기에 도진은 아마 그때 불을 안 껐나 보다고 생각했다.

대충 손에 잡히는 대로 옷을 걸쳐 입었다. 지우에겐 잠옷을 내어 줘 놓고 정작 자신은 맨몸으로 자고 있었다.

나른한 잠기운에 취해 딱 기분이 좋은 상태로, 도진은 침실 문을 열었다. 거실과 복도, 베란다의 조명을 한 번에 조절할 수 있는 스위치 중 그 어느 것도 온(ON) 상태가 아니란 걸 깨달았다.

불이 켜진 곳은 현관과 가까운 방으로 도진의 작업실이었다. 엊그제 원고를 끝낸 이후로 문을 열어 보지도 않은 방.

저곳의 불이 켜져 있다는 건 말이 안 된다. 얼음물을 뒤집어쓴 것처럼 도진의 잠기운이 싹 달아났다.

누군가 집 안에 침입했다.

문단속을 건너뛰었던가, 집에 들어온 지 얼마나 되었나, 도둑들은 보통 집이 비는 낮에 움직이지 않는다. 순간 많은 생각이 머릿속을 스쳤지만 결국 중요한 건 하나뿐이었다.

여길 나가야 한다.

현금을 노리고 들어온 도둑이라면 곧 도진의 작업실에서 가져갈 만한 건 없다는 사실을 깨달을 것이다.

가장 안쪽에 있는 침실까지 오는 데 몇 분이 걸릴까? 도둑이 궁지에 몰리면 강도가 되기 십상이라는데, 도진은 무엇보다 지우가 걱정됐다.

한 명이면 자신이 어떻게 해 볼 수 있을지도 모른다. 하지만 두 명 이상이면? 혹시 이미 흉기를 가지고 있으면 어쩌나.

도진은 조용히 침실로 돌아가 문을 잠그고 지우를 깨우려 했다. 작업실에서 눈을 떼지 않은 채 발소리를 죽이고 움직였다. 침실 문을 살짝 밀어 공간을 확보한 뒤 몸만 집어넣으면 되는 찰나.

"이제 일어났냐?"

작업실 쪽에서 남자가 목소릴 높였다. 정확히 도진을 겨

낭한 것이었고 그는 자신이 침입한 사실을 숨길 마음이 없었다.

"이 새끼야, 내가 물었잖아."

복도를 쩌렁쩌렁 울리는 목소리는 왠지 반가우면서도 화가 나 있는 것 같았다. 불쑥 작업실 문밖으로 얼굴을 들이민 남자는 이내 휘청거리며 복도로 나왔다.

꽤 떨어져 있었지만 도진은 멀리서도 남자의 눈이 풀려 있으며 무언가에 취한 상태임을 알 수 있었다.

남자는 많이 쳐 줘 봤자 20대 초반으로 보였다. 장신인 도진과 비교했을 때 키는 비슷했고 덩치 또한 밀리지 않았다. 무엇보다 그는, 오른손에 시퍼런 식칼을 들고 있었다.

"내가 들어오다가 현관 문턱에 걸려 고꾸라졌거든? 근데에, 너희 죽은 듯이 잘 자더라고. 여자앤 아예 기절한 것 같던데에?"

이상하게 늘어지는 말투에 불분명한 발음. 술에 취했다 하기엔 만취자 특유의 푹 절은 알코올 냄새가 나지 않았다.

도진은 남자가 지우와 자신의 잠든 모습을 봤다는 데서 소름이 끼쳤고 일이 심상찮게 돌아가고 있음을 깨달았다. 남자는 그냥 도둑이나 강도가 아니라 정확히 도진의 집을 노리고 들어온 것이었다.

면식범인가?

하지만 남자는 처음 보는 얼굴이었다. 지우와 달리 기억력 하나는 자신 있는 도진이었기에 언제 어디서라도 남자와 맞닥뜨렸다면 기억하고 있을 터였다.

도진이 자신을 모른다는 걸 남자 역시 알아챈 것 같았다. 남자는 비식비식 웃음을 흘리더니 칼끝으로 도진을 겨누며 소리쳤다.

"너 내가 누군지 몰라? 어? 내 인생 엿같이 만들어 놓고, 새끼야! 내가 누군지 기억도 못 한다고?"

한층 격앙된 목소리에 도진은 지금이라도 침실에 들어가 문을 잠그고 경찰을 부를까 고민했다.

하지만 남자의 상태로 보건대 도진이 그렇게 했다간 이성을 잃고 문을 열려고 할 게 분명했고, 아파트 실내의 문이란 게 으레 그렇듯 잠금 장치는 허술하기 짝이 없었다. 성인 남자의 발길질 몇 번에 바로 열릴 것이다.

경찰에게 집주소를 채 불러 주기도 전에 칼 든 남자를 상대해야 할 확률이 높았다. 운 좋게 신고가 접수된다 해도 현장 출동까지는 시간이 걸릴 터.

도진은 마음을 정한 뒤 문밖으로 완전히 걸어 나왔다. 그러면서 자연스럽게 침실 문을 당겨 닫았다. 달칵, 하는 부드러운 소리와 함께 문이 닫혔다.

안쪽에서 잠금 핀을 누른 채 닫은 문. 그는 지우가 깨어나 경찰에 신고할 때까지 남자를 상대할 생각이었다.

"네가 누군데?"

도진이 입을 열자 남자가 온몸을 부르르 떨었다.

"괘씸하네, 김피스? 와, 이 새끼 새해부터 좀 놀아 줬는데 그새 날 잊어? 하긴 농담을 다큐로 받아들여서 변호사 선임이니 뭐니 난리를 친 놈한테 뭘 바라겠어. 경찰서 들락거릴 땐 다 죽어 가던 놈이⋯⋯. 오늘 가까이서 보니까 얼굴이 폈다?"

"변호사라니. 설마 너⋯⋯."

그가 변호사를 선임한 적은 단 한 번뿐이다. 선연히 떠오르는 고통스런 기억에 도진의 얼굴이 차갑게 굳었다.

"너였어?"

"크큭, 이제 기억났냐?"

남자가 이를 드러내며 웃었다.

"너 까이는 거 보는 거 완전 재밌었는데 말이야. 어, 우리 커뮤니티 애들도 죄다 신 나서 떠들었잖아. 그런데 나만 신고하고."

"⋯⋯네가 애초에 루머를 만들어 냈으니까."

"그 새끼들도 욕했는데 나만 신상 털렸잖아! 나만 망했다고! 안 그래도 거지같은 인생, 완전히 끝장났단 말이야!"

화를 내는 포인트가 이상했다. 약에 취한 탓인지 아니면 원래부터 자신만의 관점으로 사건을 대하고 있었는지는 모르겠지만 남자는 도진이 변호사까지 선임해 가며 일을 처리한 이유를 이해하지 못하는 것 같았다.

그저 재미있다고 생각한 건가. 남들도 다 욕하고 있으니까 거기에 자신이 한술 보탠다 해서 큰 잘못이 아니라고 여긴 것인가.

도진의 고통은 흥밋거리지만 자신의 신상이 털리는 건 칼을 들고 집을 침입할 정도로 견딜 수 없는 괴로움이다.

이성적으로 대응해야 할 상황에서 도진의 머리에 열이 뻗치기 시작했다. 재미 삼아 올린 글에 자신의 커리어가 끝날 뻔했다. 지우가 아니었으면 그날 자칫 극단적인 선택을 했을지도 몰랐다.

그와 동시에 슬며시 기억을 들추고 떠오르는 것이 있었다. 변호사에게 모든 관련 업무를 맡긴 채 자신은 죽을 듯이 작업에만 매달리던 어느 날, IP 추적과 CCTV 조사 끝에 범인을 검거했다는 전화가 왔다.

변호사는 피의자가 스무 살이긴 하나 아직 생일이 지나지 않아 법적상 미성년자로 분류된다며, 부모가 머리가 땅에 닿도록 빌며 선처를 호소한다는 내용을 씁쓸한 어조로 전했다.

성별은 전해 듣지 못했던 것 같다. 어쩌면 듣고도 기억에서 흘려버렸을 수도 있다.

어디 사는 누군지, 무슨 일을 하는지, 대체 왜 도진을 가장 비열한 방식으로 공격한 건지. 한 달 전이라면 궁금해 돌아 버렸을 모든 것들이 갑자기 허무하게 느껴졌다.

그저 맥이 탁 풀려 변호사님이 적절하다고 판단되는 조치를 하라고만 대답했다. 여러 법적 지식과 앞으로의 전개 예측이 수화기를 통해 이어졌다.

재판까지 가도 미성년자에 초범이고 부모가 간절히 호소하는 점 등의 이유 때문에 중형이 선고될 일은 없을 거라 했다.

청소년 상담 받는 것을 부가 조건으로 걸고, 경각심을 심어 주는 뜻에서 다소 높은 금액으로 합의했다는 걸 이후에 얼핏 들었다.

너무나 고통스러운 시간이었기에 도진은 제 기억 속에서 그와 관련된 정보를 아예 지워 버렸다. 의식적으로 떠올리지 않으려 노력했었다.

그리고 오늘, 남자가 칼을 들고 찾아와 화를 낸다. 도진 때문에 인생이 망했다고 소리를 지르면서.

끝까지 봐주지 말았어야 했나?

미성년이고 나발이고, 자신이 당한 것과 똑같이 익명의 글을 올려 남자의 신상을 온 세상에 까발렸어야 했을까?

스트레스로 피폐해져 돌이킬 수 없는 선택을 하도록. 그래서 다시는 이딴 짓을 하지 못하도록.

남자의 말에 따르면 어차피 신상이 털렸다고는 하지만 말이다.

"이쪽으로 걸어와."

남자가 칼끝으로 거실 소파를 가리켰다. 테이블 위엔 도진의 노트북이 켜져 있었다.

"와서 앉아. 허튼짓하면 죽여 버릴 줄 알아, 새끼야."

도진은 남자가 시킨 대로 움직이는 한편 거실에 있는 물건 중 무기로 쓸 만한 것을 눈으로 훑었다. 남자는 자신의 명령이 먹혀들어 가는 게 만족스러운 모양이었다.

도진의 무릎 위로 구겨진 종이를 던지며 토씨 하나 빠트리지 않고 김피스의 블로그에 올리라고 윽박질렀다.

종이를 펴자 김피스 본인은 실제로 여자아이를 꼬드겨서 깊은 관계를 가졌으며, 범인으로 알려진 이는 진실을 말한 제보자임을 인정하는 내용이 보였다. 얼마나 꾹꾹 눌러 썼는지 종이가 구멍 때문에 다 찢어질 판이었다.

"내가 이걸 올리면 네 '억울함'이 풀리는 건가. 진심으로 그렇게 믿는 거야?"

"닥치고 올리기나 해."

"진짜 궁금해서 그래. 그렇게 믿는 건지 아니면 화풀이인지."

"빨리 쓰라고!"

"화풀이 한번 거창하게 한다……."

도진은 자판 위에 손을 올리는 척하며 바닥에 나동그라진 빈 와인 병을 잡을 셈이었다. 한동안 아주머니의 출입도 금한 덕분에 얻게 된 무기였다.

하지만 일이란 건 생각대로 흘러가지 않는 법이다. 달칵달칵 소리가 들리더니 지우가 눈을 비비며 침실에서 나왔다.

"도진 씨, 시끄러운 소리가 나서……."

흉기를 든 낯선 이와 마주친 지우가 대번에 얼어붙었다. 도진을 상대하느라 지우의 존재를 잊고 있었던 남자가 어어, 하는 소리를 냈고 그와 동시에 지우가 침실 안으로 뛰어 들어갔다.

남자는 약에 취한 인간이라고는 상상도 하기 힘들만큼 빠른 속도로 지우를 쫓아갔다. 도진이 바로 남자를 뒤쫓았지만 침실에서 들리는 지우의 비명 소리에 함부로 손을 쓸 수가 없었다. 서슬 퍼런 칼날이 당장이고 지우에게 닿을 것만 같았다.

지우가 머리채를 잡힌 채 질질 끌려 나왔다. 남자는 화가 난 나머지 마구 소리를 지르며 지우를 함부로 다루었다. 그걸 본 도진의 피가 싸늘하게 식었다.

"여잔 놔줘. 넌 나한테 유감이 있는 거잖아."

"망할, 망할, 망할!"

"개 같은 손 놓으라고, 새끼야."

도진의 거친 말에 남자의 눈이 휘둥그레졌다. 지우도 놀라 도진을 쳐다봤고 분위기는 급속도로 차갑게 변했다.

"너 방금 나한테 뭐라고 지껄였냐, 김피스?"

남자가 칼날을 지우의 목에 갖다 대며 눈을 부라렸다.

"이 계집애 죽는 꼴 보고 싶어? 네가 보는 앞에서 그어 줄 까? 싫으면 당장 소파로 가서 내가 준 글, 네 계정에 올려. 당장!"

놈의 머릴 깨부술 와인 병을 잡기 위해서라도 다시 소파 에 갈 생각이었다.

도진은 바들바들 떨고 있는 지우를 일별한 뒤 소파로 돌 아갔다. 자리에 앉은 다음 기계적으로 타이핑하며 남자가 적 당한 거리 안으로 들어오길 기다렸다.

"그렇지. 그래야지. 진즉에 내 말을 들었어야지이."

남자가 고개를 끄덕였다. 한 걸음 더 다가온다. 도진이 타 이핑하는 장면을 좀 더 가까이서 보고 싶은지 지우의 머리를 잡은 채 또 한 걸음 움직였다.

그래, 세 발짝만 더 와라.

"……저기, 죄송하지만, 여긴 대체 어떻게 들어오신 건가 요. 여기 리젠시타워는 경비가 철저하기로 유명한데. 특히

C동은 배달원도 확인받고 들어오잖아요."

지우가 사시나무처럼 떨면서도 남자를 향해 말을 걸었다. 도진이 와인 병을 염두에 두는 것을 본 모양이었다. 시선을 딴 데로 돌리기 위함이리라.

모든 상황이 다시 제 컨트롤 범위에 들어왔다고 확신한 남자가 히죽거리며 지우를 쳐다보았다.

어깨가 반쯤 드러날 정도로 헐렁한 남자 티셔츠에 바지 대신으로 입고 있는 짧은 파자마가 남자의 시선 아래 발가벗겨졌다.

"왜? 나는 여기 문도 못 딸 만큼 멍청해 보이냐? 김피스에 비해 모자라 보여?"

"아뇨, 그런 뜻은 아니에요…… 앗!"

머리채를 잡아 뜯을 듯 당기는 손길에 지우가 비명을 질렀다.

"너 같은 계집애들도 문제야. 돈 많고 얼굴 반반한 새끼가 꽃집 얼쩡거리니까 바로 넘어갔지?"

"꼬, 꽃집에도 왔었어요?"

"입간판 가지고 장난 좀 쳐 줬는데 넌 김피스랑 상극일 정도로 둔하더라고. 진짜 쌍쌍이 웃기다고 생각했지."

도진이 와인 병 입구를 틀어잡았다.

"당신이 23층에 내리는 거, CCTV에 다 찍혔을 거예요. 나

229

중에라도 잡힐 거라구요."

"방금 떠오른 아이디어인데 말이야. 김피스가 절대 신고 못 하게 만드는 방법이 생각⋯⋯."

와장창!

도진이 정확히 남자의 머리를 향해 병을 내려쳤다. 남자가 칼을 떨어뜨리며 비명을 질렀고 그 틈을 타 지우는 정신없이 현관으로 내달렸다.

가까이 붙잡혀 있었던 터라 파편에 다친 것 같았지만 지금은 상처를 신경 쓸 여유가 없었다.

도어락 해제, 또, 또 체인 풀고. 덜덜 떨리는 손으로 현관문 손잡이를 잡아 돌렸다. 남자에게 잡혀 있을 땐 멀기만 하던 문이 활짝 열렸다.

지우는 문손잡이를 잡은 채로 거실 쪽을 쳐다보았다. 도진이 바로 뒤따라 나올 줄 알았는데 생각지도 못하게 남자와 몸싸움을 벌이고 있었다.

머리가 찢어졌을 게 분명한 남자는 약기운 때문인지 피가 철철 나는 것도 잊고 도진에게 주먹을 휘둘렀다. 가볍게 피한 도진이 남자의 복부에 수차례 주먹을 박아 넣었고, 남자는 짐승 같은 소리를 내며 바닥을 더듬었다.

지우의 눈에 남자가 찾는 것이 들어왔다. 날이 퍼런 식칼이 남자의 손에서 얼마 떨어지지 않는 곳에 있었다. 지금은

도진이 우위에 있지만 남자가 흉기를 잡는 순간 전세는 역전
될 거다.

"도진 씨, 칼!"

지우가 소리쳤다. 그 말에 도진이 남자의 손으로 시선을
돌린 순간,

"죽어!"

남자가 칼을 휘둘러 도진의 오른팔을 베었다. 셔츠 소매가
찢어지며 피가 튀었다.

도진이 상처를 움켜잡는 걸 본 지우는 현관 수납장에서
장우산을 꺼내 들고 남자를 향해 달려갔다.

눈에 뵈는 것이 없다는 말이 맞았다. 이대로 보고만 있다
간 정말 도진이 죽는다.

"놔! 그만두라고! 꺼져!"

우산 끝을 세워 남자를 찔렀다. 칼을 떨어뜨리게 하려고
안간힘을 썼지만 건장한 남자를 당해 낼 순 없었다. 얼굴을
공격당해 비명을 지르는가 싶었던 남자가 지우에게도 칼을
휘둘렀다.

아차, 하는 순간에 당했다.

지우는 옆구리를 감싸 쥐고 비틀거리면서도 우산을 놓지
않았다. 그리고 지우의 손가락 틈으로 새어 나오는 피를 본
도진이 완전히 이성을 잃었다.

"이 새끼가!"

"아악!"

도진은 상대가 칼을 들고 있다는 사실도 잊은 사람처럼 달려들어 미친 듯이 주먹을 휘둘렀다. 턱뼈를 으스러뜨릴 듯 퍼붓는 공격에 남자가 버둥거렸고 이어서 급소를 차올리자 고통스런 소리를 내질렀다.

허공에서 흔들리는 칼에 상처가 늘었지만 도진의 타격이 더 셌다. 남자의 얼굴은 이제 피투성이가 되어 제대로 알아보기가 힘들 정도였다.

지우는 도진을 멈추게 하려다가 그만두었다. 벽에 등을 기대려 했지만 그마저 쉽지 않았다.

통증은 점점 심해졌고 셔츠가 흠뻑 젖을 만큼 출혈이 일어나고 있었다. 수건 같은 걸로 상처를 눌러야겠는데 손가락 하나 까딱하기가 힘들었다.

콰당당, 하는 소리가 들리더니 한 무리의 경찰이 들이닥쳤다.

"흉기에서 손을 떼라! 흉기를 놔라!"

"경찰이다! 용의자는 흉기에서 손을 떼라!"

현관을 열어 놓길 잘했네. 지우는 힘없이 바닥으로 쓰러지며 그런 생각을 했다.

상황만 보면 남자가 피해자인 줄 착각할 정도로 도진은

공격을 멈추지 않았다.

남자가 가까스로 쥐고 있던 흉기가 진짜 용의자를 판가름 냈다. 경찰들이 왔음에도 주먹질을 그만두지 않아 결국 경찰들은 도진을 떼어 놔야 했다.

"아가씨, 괜찮아요? 구급차 호출했습니다. 조금만 버텨요."

경찰 한 명이 지우의 옆구리를 수건으로 눌러 주며 말을 걸었다. 그제야 간신히 정신을 차린 도진이 지우를 발견하고 달려왔다.

창백한 안색과 금세 붉게 물드는 수건을 보고 함부로 손을 대지도 못한 채 미안하다는 말만 되뇌었다.

그리고 지우의 파자마 주머니에서 또 다른 목소리가 들려왔다. 애타게 언니를 찾는 목소리에 지우가 눈짓을 했고 도진이 주머니에 손을 넣었다.

아영과 30분 가까이 통화 중이었다. 흉기를 든 남자와 눈이 마주친 지우는 본능적으로 침실로 도망쳤고 폰을 낚아채 통화 버튼을 눌렀다.

원래는 경찰에 신고하려 했으나 남자가 너무 빨리 쫓아온 탓에 통화 목록의 맨 위에 있던 아영을 호출하고 만 것이다.

늦게 자는 데다 눈치가 빠른 아영이 맨 위에 있어서 다행이었다. 여보세요, 라는 소리가 작게 들렸을 땐 얼마나 고마우면서도 가슴이 덜컹 내려앉던지.

아영은 수화기 너머 들리는 험한 상황에 잠자코 귀를 기울이고 있다가 지우가 알려 준 주소를 듣고 경찰에게 바로 신고를 한 듯했다.

"아영아……."

—언니이이, 흑, 흐윽, 언니 괜찮아요? 구급차 불렀다면서요? 언니 다쳤어요?

"으응, 많이 안 다쳤어. 괜찮아."

누가 들어도 맥없는 소리에 아영의 울음소리가 커졌다. 30분간 숨 한 번 제대로 못 쉬고 듣기만 하다가 모든 상황이 끝났다니까 긴장이 풀린 모양이었다.

아영의 울음 너머로 간간이 그녀를 달래는 가족들의 소리도 들렸다. 늦은 밤, 온 가족이 신경을 곤두세우고 있었던 것이다. 몸은 아프고 정신은 차츰 흐리멍덩해졌지만 지우의 마음만은 따스해졌다.

"고마워, 아영아. 네 덕분에 살았어."

—흐윽.

"나중에…… 다시 전화할게. 병원 가야겠어."

—네에. 얼른, 얼른 병원 가요. 언니, 먼저 끊을게요.

통화가 끝났다. 그사이 도진은 경찰에게서 새 수건을 넘겨받아 지우의 상처를 압박했다.

지우를 내려다보는 그의 표정이 어느 때보다 더 굳어 있었다.

지우는 팔을 들 힘만 있다면 그의 뺨을 부드럽게 쓸어 주고 싶은 심정이었다. 다친 사람은 지우인데 돌이킬 수 없는 상처를 입은 쪽은 도진인 듯하다.

"야, 김피스! 개자식…… 너 따위가 뭐라고!"

경찰들에게 체포되어 끌려가면서도 남자가 욕을 웅얼거렸다. 피범벅이 된 얼굴로 도진을 노려보고 침을 뱉으려 했다. 입을 다물라는 제지에도 욕의 수위는 심해져만 갔다. 도진이 고개를 들어 자신을 보지 않을 수 없도록.

지우는 도진을 불러 제 눈을 바라보고 있게 했다.

"움직일 수만 있다면 귀를 막아 줄 텐데."

애써 입술을 늘려 미소 비슷한 걸 지었다. 반면 도진의 표정은 말로 표현하기 힘들게 일그러졌다. 도대체 이 상황에, 지우의 이런 말에 어떻게 반응해야 할지 모르겠다는 얼굴이었다.

"듣지 말고 흘려버려요. 나만 봐요, 도진 씨."

"……들려."

도진의 목에선 쇳소리가 났다.

"여전히 들리고 흘려버릴 수가 없어. 하지만 너 때문에……"

235

그가 억지로 울음을 삼키려는 듯 눈을 질끈 감았다가 떴다. 수건을 누르고 있는 손에서 그의 떨림이 전해졌다.

"견뎌."

지우 덕분에 버틸 수가 있다. 그러니까 지우도 이깟 상처쯤은 버텨 내야 한다. 그녀에게 뭔가 심각한 문제라도 생긴다면 도진은 그다음 자신이 어떻게 될지 장담할 수 없었다.

"여기, 이쪽으로."

"구급대원이 왔어요, 아가씨."

병원으로 향하는 길 어디 즈음에서 지우는 아주 깊은 잠에 빠졌다. 이가 딱딱 부딪힐 정도의 오한도 오한이었지만 치료도 거부한 채 그녀의 손을 놓지 않는 도진이 눈을 감는 순간까지 걱정스러웠다.

눈을 뜨고 나면 의사 선생님이 상처를 치료해 주신 다음이겠지. 그러면 제일 먼저 도진을 안아 줘야겠다고 생각했다.

그는 누구보다도, 따뜻한 포옹이 필요한 사람이니까.

"아직까지 눈을 못 뜨고 있습니다. 몇 시간이면 의식 회복한다고 하지 않았습니까?"

"최소 몇 시간이라고 했죠. 환자 분 상태는 괜찮으니까 조금 더 기다리시면……."

"대체 얼마나 기다려야 하는 거냐고."

도진에게서 성마른 소리가 터져 나왔다. 연락을 받고 달려온 지우의 가족들에게 자리를 내 준 뒤로 그는 차마 다시 들어가지도 못하고 병실 밖 의자에 앉아 있었다.

할 수 있는 거라곤 자책과 후회, 걱정뿐이다. 자신이 일처리를 제대로 하지 못해서 지우가 다치게 되었다. 누구보다 안전하게 보호받아야 할 그녀가 제집에서 칼에 찔려 쓰러졌다.

눈을 감으면 흰 수건을 무섭도록 빠른 속도로 젖게 만들던 지우의 피가 떠올랐다. 아무것도 할 수 없이, 그저 무력하게 상처만 누르던 자신. 그런 상황에서도 지우는 도진이 나쁜 말을 들을까 염려했었다.

다 제 잘못이다.

병원에서는 수술이 잘 끝났으니 회복만 남았다며 보호자 쪽을 안심시켰다. 하지만 지우가 눈을 떠서 도진에게 괜찮다는 말을 해 주지 않는 이상, 그는 아무 말도 믿을 수가 없었다.

일어나. 제발 빨리 눈 좀 떠, 송지우.

지우가 몸을 가누지 못하고 쓰러지던 순간부터 도진은 발밑이 꺼진 기분이었다. 혼자 어둡고 텅 빈 곳에 버려져 허우적대고 있었다.

불과 어젯밤만 해도 그는 세상에서 제일 행복한 사람이었는데 한순간에 모든 것이 바뀌어 버렸다.

가까스로 손에 쥐었다고 생각했는데.

"저기."

두 손에 얼굴을 파묻고 있던 도진을 부르는 목소리가 있었다. 고개를 들어 보니 꽤나 난감한 기색의 남학생이 눈에 들어왔다.

도진은 그가 지우의 남동생임을 깨닫고 자리에서 일어나려다 휘청했다. 도진 역시 환자라던 간호사의 말을 무시한 결과였다.

"저, 아빠는 일단 출근하셨고 엄마는 밥 한술이라도 뜨라고 식당 보냈거든요. 아무래도 엄마 혼자 보낸 게 신경 쓰여서 저도……."

뜬금없는 남자 친구의 등장에, 거기다 함께 밤을 보내다가 괴한의 급습을 받았다는 사실만으로 지우의 부모님은 도진을 불편하게 여겼다.

그에 대해선 사과밖에 드릴 수 없는 입장이라 도진은 스스로를 더 몰아세우고 있었다.

그런데 그녀의 남동생이 말끝을 흐리며 병실에 들어가 보기를 넌지시 권해 왔다. 넓은 1인실을 잡아 놓고도 정작 본인은 복도에서 밤을 지새운 도진에게 자리를 내 주었다.

미처 고맙다는 말을 하기도 전에 남학생은 후다닥 엘리베이터를 향해 걸어갔다. 도진은 떨리는 손으로 병실 문을 열었다.

푸르스름한 환자복을 입은 지우가 열 시간 가까이 잠들어 있었다. 핏기 없는 얼굴이 예쁘게 피어났던 지난밤과 대조되어 더욱 안쓰럽게 보였다.

할 수만 있다면 시간을 되돌리고 싶었다. 아직 아무 일도 일어나지 않았던 어젯밤으로. 자신이 무방비하게 잠들기 전, 그녀의 머리카락을 쓸었던 그때로.

도진이 지우의 손을 잡았다. 자신이 힘들 때 그녀가 곁에 있었듯 그 또한 지우의 옆을 떠나지 않는다는 걸 알려 주고 싶었다.

"나 여기 있어."

얼마나 시간이 흐른 걸까. 그의 손안에서 자그만 움직임이 느껴졌다.

처음에는 한 손가락 마디만 움직이던 것이 차츰 손 전체를 그러쥐는 것으로 바뀌었다.

얇은 커튼 너머 오전의 햇살이 잔잔히 내려앉은 무렵, 지우가 눈을 떴다.

도진은 어떤 말도 할 수가 없었다. 목소리를 빼앗긴 것 같아 그저 지우만 쳐다보고 있을 뿐인데 조용히 병실 안을 둘러본 그녀가 그에게 시선을 맞춰 왔다.

지우가 웃었다.

처음으로 도진의 숨을 틔게 했던 그날처럼 밝고 따뜻한 미소였다. 이어진 지우의 핀잔을 듣고서야 그는 자신이 울고 있다는 사실을 깨달았다.

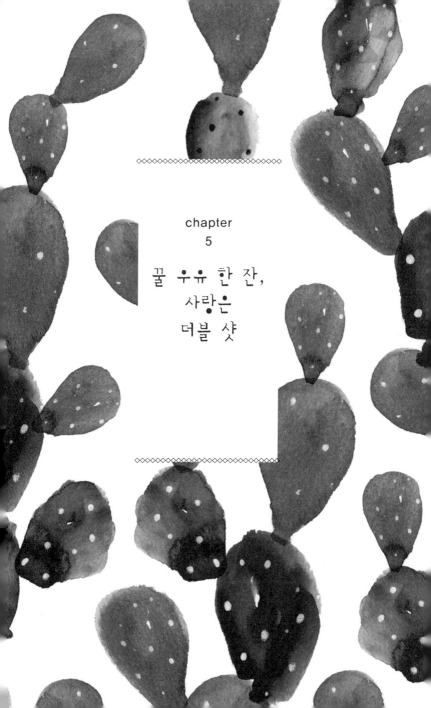

chapter
5

꿀 우유 한 잔,
사랑은
더블 샷

2am cactus

　한 달 뒤.

　지우는 꽃집 셔터에 걸린 알림판을 들여다보며 고심했다. '당분간 휴업입니다' 라는 안내 문구를 적어 두긴 했는데 길어 봤자 2주 정도 쉬려던 계획이 주위의 만류로 한 달 가까이 연장되었다.

　그간 지우도 도진도 매우 바빴다. 옆구리를 다친 지우의 경우 다행히 중요한 장기를 피해 갔지만 출혈이 워낙 심해 생각보다 오랜 기간 동안 입원을 하고 있어야 했다.

　한편 지우에 비해 경미한 부상에 그친 도진은 다시 변호사를 구했고 경찰서를 오가며 일들을 처리했다. 그녀와 연락을 끊고 2주간 여유 분을 만들어 두었던 건 신의 한 수였다.

다른 것에 신경 쓰지 않고 오직 법적인 사항에만 집중할 수 있었다. 변호사에게 전권을 일임한 뒤 사건과 거리를 두었던 몇 달 전과는 달라진 모습이었다.

도진은 가능한 모든 방법을 동원해서 범인을 엄벌에 처하게 하려는 동시에 지우에게 다시는 이런 일이 생기지 않도록 적극적으로 움직였다.

고급 아파트에 거주하는 스타 작가에게 한밤중 일어난 상해 사건은 뉴스에까지 보도되었다. 아이러니하게도 사건이 보도된 후 도진, 그러니까 김피스를 바라보는 대중의 시선이 상당히 너그러워졌다.

댓글에도 응원의 소리가 넘쳐나기 시작했다. 데뷔 이래 대중들이 자신에게 이토록 따뜻했던 적이 없던 도진은 조금 어안이 벙벙한 기분이었다.

예전의 도진이라면 사람들에게 마음의 문을 굳게 닫고 그들의 호의를 아니꼽게 여겼을 것이다. 하지만 지금의 그는 호의와 격려를 본뜻 그대로 받아들일 수 있었다.

사랑을 주면, 그 사랑을 받을 줄 안다. 이게 지우를 만나고부터 그에게 일어난 가장 큰 변화였다.

어쨌든 도진은 이런저런 일로 정신이 없었다. 매일 병원을 찾던 그의 발길이 이틀에 한 번씩으로 바뀌었다. 바로 바로 통화가 안 될 때도 있었다.

그러나 변화는 도진에게만 찾아온 게 아니어서 지우 역시 그가 전화를 받지 않고 메시지를 짧게 보낸다 해서 서운함을 느끼진 않았다.

병원 생활이 지루하거나 그가 보고 싶을 때면 지우는 스케치북을 꺼내어 신부 부케를 그렸다. 자신이 퇴원할 즈음이면 한창 5월의 신부 고객님을 받을 시즌인데 그때를 대비한 부케 디자인은 훌륭한 소일거리가 되어 주었다.

퇴원 후 일상생활이 어느 정도 가능해지자마자 일하려는 지우를 보고 아영은 언니 역시 남자 친구와 다를 바 없다며, 다시는 도진을 두고 워커홀릭이니 뭐니 놀리지 말라고 했다.

"남자 친구라, 헷."

바보 같은 소리를 내고 만 건 지우의 탓이 아니다. 물론 그간 집안이 몇 번 뒤집어졌긴 하지만 어쨌든 한 달이 지난 지금, 도진과 지우는 공식 커플이 되었다.

도진의 부모님과 형 부부가 병원으로 달려와 아들놈의 변변찮음을 통렬히 질책하며 고개를 숙였을 때가 눈에 선했다.

귀한 딸이 변고를 당한 것에 마음이 닫혀 있던 지우네도 차츰 상대의 진심을 받아들였다.

그리고 한 달이 지난 지금은 서로의 집에서 '지우처럼 상냥한 아가씨'가, 또는 '도진처럼 잘난 청년'이 어쩌다 자신

245

의 자녀와 죽고 못 사는 사이가 되었는지 몹시 궁금해했다.

특히 도진이 웹툰 작가란 말에 관심을 보였던 남동생은 그가 김피스라는 말을 듣고 입을 다물지 못했다.

포털 사이트 인물 정보의 사진을 자기도 보긴 했지만 원래 일상 속에서 마주치면 못 알아보지 않느냐며 변명을 늘어놓다가 갑자기 '영광입니다'라면서 악수를 청하기도 했다.

고등학교 때부터 연재를 함께 달린 팬이란다. 미성년자였던 주제에 어떻게 봤는지 모르겠지만.

녀석은 흔한 남동생들이 그러하듯 누나의 존재를 까맣게 잊고 그 하고 많은 여자 중에 왜 송지우와 사귀는지 진지하게 질문했다.

도진을 부르는 호칭은 김피스 님과 형님 사이를 분주히 오갔다. 이쯤 되면 남동생은 누나의 남자 친구가 궁금한 게 아니라 수년간 흠모해 온 스타 작가의 인터뷰를 따고 싶은 게 아닐까 하는 생각이 든다.

그럴 일은 없겠지만, 언젠가 도진이 작업실에 놀러 오라고 권한다면 남동생은 그 자리에서 까무러칠 수도 있겠다.

"아, 말하니까 더 보고 싶네."

지우는 미련을 지우고 셔터 앞에서 돌아섰다. 벌써 계절은 5월 말, 초여름의 문턱에 다다랐다. 올해는 장마가 지루하게 이어지는 대신 일주일 넘게 하늘이 어둑어둑하기만 하다가 어제가 되어서야 해가 나기 시작했다.

부드럽게 머리카락을 흔들어 놓고 지나가는 바람이 달콤했다. 지우는 바닥에 닿는 경쾌한 구두 소리에 맞춰 노래를 흥얼거리다가 횡단보도 앞에서 걸음을 멈췄다.

건너편 노천카페에 도진이 보였다. 클래식한 선글라스를 낀 채 여느 때처럼 다리를 꼬고 앉아 온 동네 사람들에게 자신의 배우 뺨치는 자태를 과시하는 중이었다.

뭐, 본인이야 전혀 그럴 의사가 없다고 하지만 지우의 눈에 그렇게 보이는 걸 어쩔 것인가. 지나가던 아무 여자나 잡고 물어봐도 비슷한 대답이 나올 터였다. 잘생겼어요. 되게 섹시한데. 모델인가? 아님 배우예요?

진짜 혀를 내두를 정도의 수위를 아무렇지 않게 넘나드는 성인 웹툰 작가라고 큰소리쳐 주고 싶었다. 그럼 최소한 그런 것에 거부감이 있는 몇몇은 떨어져 나갈 테니까.

근데 오히려 더 야릇한 관심을 보이는 여우들이 나타나면 어쩌지?

만약 도진이 들었으면 수상하게 꽃집 드나드는 놈이나 조심하라 엄포를 놓았을 거라 생각하며 미간을 모으는 지우였다. 그러는 도진도 처음엔 굉장히 수상했는데 말이다.

"햇볕 잘 쬐고 있네요, 선인장 씨?"

일부러 놀라게 해 주려고 뒤에서 다가갔지만 도진은 기다리고 있었다는 듯 씩 웃을 뿐이었다. 치, 재미없어. 지우가 김샜다는 얼굴로 맞은편 자리에 앉자마자 카페 종업원이 음료를 내왔다. 지우의 앞에 빨간 머그컵이 놓였다.

아직 주문도 하지 않았는데 다짜고짜 음료를 내오다니. 지우가 당황해서 종업원을 부르려다가 컵과 도진을 번갈아 쳐다봤다.

이 남자, 갑자기 왜 이렇게 심각하게 째려보고 있지?

"도진 씨가 미리 시켰어요?"

"어."

"따뜻한 거네요? 흠, 날씨가 좋아서 상큼하게 레모네이드 한 잔 하려 했더니."

아쉬움이 담긴 말에 도진의 표정이 한층 더 어두워졌다. 마치 범인 심문을 앞둔 형사처럼 지우의 말투나 움직임 하나하나를 예의 주시하는 것 같았다. 더더욱, 고개가 갸우뚱거려진다.

"이건 뭐예요?"

도진은 대답해 주지 않았다. 하얗고 따뜻하며 달콤한 냄새가 연하게 피어오른다. 화이트 초콜릿인가, 하며 한 모금 머금은 지우는 옆 테이블 사람이 화들짝 놀랄 소리를 내며 컵을 내려놓았다.

"이거 꿀 탄 우유네요?"

"어."

"오, 신기하다. 오오, 신기해. 이거 호불호 갈리는 메뉴인데 난 완전 호(好)거든요. 처음에 마시자마자 너무 마음에 들어서 그다음부터는 만나는 사람마다 막 만들어 주고."

도진의 입가가 미세하게 떨렸다. 괜히 옆 사람 무섭게 주먹을 쥐었다 폈다 하더니 자신이 시킨 아이스 아메리카노를 벌컥벌컥 들이켰다.

"만나는 사람마다 만들어 줬다고?"

턱에 힘을 잔뜩 넣은 채 도진이 잇새로 말했다.

"그냥, 아무나 막 만들어 줘?"

"어…… 뭐, 말이 그렇다는 거죠."

도무지 이해할 수 없는 반응에 지우가 슬쩍 발을 뺐다. 이제 천하의 송지우도 도진의 심기를 살펴 강도를 조절할 줄 아는 경지에 이르렀다.

그런데 진짜 뭐가 문제인 걸까? 아까 전에 지우가 뒤에서 짠 나타날 때만 해도 기분이 좋아 보였는데.

여전히 앞뒤 사정을 파악할 수 없는 상황 속에서 지우는 달달한 우유를 마셨다. 그리고 지우가 해맑게 우유를 비워 갈수록 도진의 분노는 점점 커지는 것 같았다.

"좀 나눠 줄까요?"

혼자 마셔서 삐졌나 하는 생각이 들어 기껏 권했더니 그가 수수께끼 같은 말을 툭 던졌다.

"올해 1월 21일 오후, 꽃집 앞 벤치. 기억 안 나?"

무의식중에 기억 안 난다고 대답하려던 지우는 혀끝에서 가까스로 하려던 말을 삼켰다.

도진을 만난 이후로 길러진 학습 능력이 빛을 발휘한 순간이었다. 아마 꽤 중요한 사건이 발생한 날인 모양이다. 송지우의 머릿속은 항상 그래 왔듯 백지장 같고.

애매한 미소를 머금은 채 열심히 머리를 굴리다가 어째 남녀 입장이 뒤바뀐 것 같다는 한탄을 해 보는 지우였다.

'자기, 나 화났어. 자기한테 엄청 실망했어.'

'어…… 미안해.'

'미안해? 지금 내가 왜 화났는지 알고 미안하다는 거야, 아니면 그냥 미안하다는 말부터 질러 놓고 보는 거야? 내가 만만해? 웃겨?'

'아니, 그냥 다…….'

'이제부터 내가 화난 이유를 정확히 알아맞혀 봐.'

머릿속에서 자연스럽게 재생되는 흔한 연인 사이의 말다툼. 꼭 도진과 자신을 보는 것 같지 않은가. 여기서 중요한 것은 성별이 뒤바뀌었다는 점이다.

그냥 속 시원히 말해 주지. 어차피 지우는 끝끝내 기억을 못 떠올릴 게 분명하고, 도진에게 남은 건 영원한 고통과 좌

절뿐일 텐데 말이다.

하지만 지우는 도진을 무척 사랑하니까 사랑의 힘으로 연기를 해 보기로 마음먹었다. 지우는 미묘한 감탄사를 곁들이며 꿈꾸는 듯한 표정을 지었다.

"기억이 나는 것도 같고……."

어느새 아메리카노를 비운 도진이 손가락으로 유리잔을 두드렸다. 굉장히 의심스럽지만 한번 들어나 보겠다는 자세를 취하고 손가락을 도르륵.

"그때 벤치에서 말이죠."

지우가 말끝을 끌었다. 벤치, 그래, 꽃집 앞엔 벤치가 있지. 초딩이고 중딩이고 할 것 없이 군것질하고 난 쓰레기를 잔뜩 버리고 가는 곳. 그래서 매일 지우가 불을 뿜어 내며 청소하는 곳이 있다.

왠지 느낌이 오는 것 같다. 지우는 기왕 하는 김에 상상력까지 동원해 보기로 했다. 도진이 이토록 중요하게 여기는 날인 데다 꽃집 앞에서 일어났다고 한다. 그럼 자신이 연관되어 있을 확률이 높다.

1월 21일이라고? 그날이라면 도진이 꽃집에 들이닥쳐 가여운 식물들을 쓸어 가기 시작한 날로부터 한 달여 전이 아닌가.

그의 참을성이 빠른 속도로 바닥을 보이는 듯하다. 유리잔

251

위로 움직이는 손가락은 음악으로 치면 크레셴도(Crescendo)를 외치고 있었다. 점점 더 세게! 점점 더 빠르게!

자, 이제 패를 던질 순간이 왔다. 지우는 자신이 고른 패가 부디 정답이길 빌고 또 빌었다. 만약 아니라면 아는 척을 한 죗값까지 더해져 오래도록 괴롭힘을 당할 테니까.

"당연히 기억하죠. 그때 우리 처음 만난 날이잖아요."

도진의 손가락이 멈췄다. 그가 믿을 수 없다는 표정을 짓더니 의자가 획 밀려 나도록 일어나 혼자 걸어가기 시작했다.

지우를 테이블에 내버려 두고 혼자 가 버렸다.

"쳇, 틀렸나……."

지우는 속이기에 실패한 악당 같은 대사를 중얼거린 뒤 급히 일어나 도진의 뒤를 쫓아갔다. 남자 친구가 더는 화를 내기 힘든, 사랑스럽고 귀여운 미소를 띠고 열심히 달렸다.

아, 권도진은 다리도 길고 걸음도 빠르다. 얼마 가지 않아 지우는 숨이 찰 지경에 이르렀다.

앞을 막아서는 인간들을 죄다 밀어 버릴 기세로 걷던 도진이 돌연 멈춰 서서 몸을 틀었다. 지우는 얼른 준비한 미소를 다시 입에 걸었다.

"1월 21일이 아니라 22일이라고. 그다음 날이란 말이야."

예, 예, 제가 대역죄를 저질렀습니다요. 지우가 도진의 팔에 매달리며 고양이처럼 애교를 부렸다. 그러나 오늘따라 도진의 분노는 강력해서, 무려 송지우의 팔을 뿌리치는 행태를 보였다.

"맨날 나만 집착남이지?"

"에이, 화 풀어요. 그리고 진짜 무슨 날인지 말해 주면 안 돼요? 그냥 말해 주면 지금부터 똑똑히 기억할게."

이때 지우의 말을 들은 도진의 표정이란. 요걸 가만히 둬? 말아? 그는 이제 속내를 감출 생각조차 없는 것처럼 보였다.

"날짜만 틀린 줄 알았더니 아예 그날이 무슨 날인지 잊어먹은 거였어?"

소 뒷걸음질 치다 쥐 잡는다더니 놀랍게도 지우의 예상이 반쯤은 제대로 먹혀들어 간 것이다. 그녀는 나날이 발전하는 자신의 촉에 감탄했다.

그러고는 뒤늦게야, 두 사람의 첫 만남이 도진의 꽃집 방문으로부터 한 달 전이라는 것에 의문을 품었다.

도진은 그녀가 지금 무슨 생각을 하는지 빤히 보였다. 송지우의 머리 위로 물음표가 스물여섯 개는 떠다니는 것 같았다.

자신이 알려 주기 전에는 결코 기억해 내지 못하리란 게 눈에 보여서, 결국 그는 짧은 한숨과 함께 입을 열었다.

"그때 나는 심신이 피폐해진 상태라 극단적인 생각까지

할 정도로 힘든 시간을 보내고 있었어. 담당자의 소개로 정신과 상담을 받고 돌아오는 길이었지. 전문가가 해답이라고 내놓은 게 어이가 없기도 하고 벼랑 끝까지 몰린 기분이라 대낮부터 빈속에 양주를 붓고 정처 없이 걸었어."

거기까지 말한 도진이 슬쩍 지우를 쳐다봤지만 이 아가씬 전혀 새로운 이야기를 대하는 사람처럼 말갛게 듣고 있을 따름이었다.

"그러다 벤치에 앉았어. 멍하니 고개를 드는데 '식물로 마음을 치료하세요' 따위의 문구가 눈에 들어온 거야. 괜히 심사가 뒤틀려서 물 주러 나온 여직원을 걸고 넘어졌거든. 저게 사실이라면 내 마음을 고칠 식물도 내놔 보라고…… 아, 진짜 더는 못 해 먹겠네. 여전히 아무 기억도 안 나?"

상대는 기억도 못 하는 옛날이야길 들추는 건 생각보다 훨씬 낯간지러운 일이었다.

도진은 희미한 기대를 품고 지우를 쳐다봤지만 그녀는 오히려 잘 듣고 있는데 흐름 끊지 말고 계속 이야기할 것을 요구했다.

도진의 주먹에 힘이 들어갔다. 아까 카페에서 그랬던 것처럼 쥐었다 펴기를 반복했다. 지우는 언제나 양가감정을 불러일으켰다. 미치게 예쁘다가도 그의 인내심을 바닥까지 시험했다.

"그래서."

도진이 이를 악문 채 으르렁거렸다.

"벤치에 주저앉아 울고 있는데 경찰을 부르러 간 줄 알았던 여직원이 돌아와 뭔가를 들이밀더라고. 처음엔 화분인 줄 알았지. 내가 식물을 내놓으라고 했으니까. 그런데 초점을 맞추고 제대로 보니 머그컵이었어. 한입 마셔 보니 꿀을 갠 따뜻한 우유였고."

지우의 눈동자가 흔들렸다. 이제 그녀도 이 이야기의 결말이 보이는 것 같았다.

"그 흔한 힘내라는 말도 해 주지 않았지만 왠지……. 이야기는 여기까지."

도진은 몸을 돌려 다시 걷기 시작했다. 지우에겐 이 비하인드 스토리를 소화할 시간이 필요할 것이다.

그러나 그리 오래 걸리진 않을 거다. 누가 들어도, 정말이지 길가에 굴러다니는 돌멩이가 들어도 이야기가 암시하는 바를 알아챌 수 있을 테니까.

그에게 작은 바람이 있다면 부디 송지우가 그의 절절한 짝사랑을 깨달았을 때 조용한 미소로 넘어가 주는 것이었다. 도진은 방금 지우에게 첫 만남 이야기를 들려주는 것으로 일주일치 부끄러움을 소진했다.

"허."

등 뒤에서 지우의 목소리가 들렸다. 왠지 불길한 예감에 도진은 걸음을 좀 더 빨리했다.

"맙소사."

아예 뛸까?

"……도진 씨, 도진 씨, 꺅, 남자 친구님!"

지우가 그 작은 보폭으로 다다다 달려와 그의 팔에 매달렸다. 눈은 반짝반짝 별처럼 빛나고 양쪽에 볼우물이 폭 팰 만큼 환히 웃고 있었다.

"그럼 도진 씨가 나한테 먼저 반했던 거네요? 와, 첫눈에 반한 거네? 그거네? 어떡해, 꼭 운명 같은 사랑처럼 들려요. 상처 많은 남자가 봄바람 같은 여자를 만나서 행복을 알게 된다는 그런."

그래, 그렇게 큰 소리로 말하지 않아도 네가 기쁘고 놀랐다는 걸 알겠어. 도진은 가급적 지우와 눈을 마주치지 않으려 애쓰면서 부지런히 걸었다.

딱히 어딜 가야겠다고 방향은 정하지도 않았다. 그냥 이 자리만 아니면 된다. 햇살은 눈부시게 흩어지고 길거리에서 송지우가 행복해 방방 뛰지 않는 곳이면 어디든.

"고마워요, 도진 씨."

지우가 자그맣게 덧붙였다.

"나를 사랑해 줘서."

도진은 순간 걸음을 멈출 뻔했다.

아니, 내가 더 고맙지. 그날 나를 버려두지 않아서. 내게
손을 내밀어 줘서 내가 살 수 있었어.

언제나 가슴속에 품고 있는 말을 들려줄 뻔했다.

서울 도심 한복판에서 제일 로맨틱한 남자가 될 위기에서
가까스로 벗어난 도진이 흔들리지 않겠다는 듯 표정을 바로
했다.

아직 지우를 정면에서 봐선 안 되겠다. 얄미운 송지우에겐
냉정한 버전의 권도진이 더 어울릴 것이다.

더군다나 오늘 자신은 큰마음을 먹고 나오지 않았나. 선물
하나 주겠다고 온 서울을 일주일이나 뒤지고 다녔는데 지우
는 끝까지 두 사람의 첫 만남을 떠올리지 못했다. 얄밉고 괘
씸하기 이를 데 없다.

그러므로 이걸 건네주는 건 보류. 도진은 재킷 주머니에
들어 있는 조그만 상자를 아직 꺼내지 않겠다고 결심했다.
미술학도의 미적 감각을 발휘해서 진짜 완벽한 링을 구했는
데.

쪽.

손에 이상한 느낌이 들어 옆을 쳐다봤더니 지우가 도진의
손바닥에 입을 맞추고 있었다. 고맙다며 쪽, 자신도 도진이
있어서 행복하다고 한 번 더 쪽.

이 여자는 날 말려 죽일 게 틀림없어…….

입가에 번지는 미소를 지우려 애쓰면서 그가 아무렇지 않은 척 시선을 돌렸다. 독특하게도 다이아몬드가 아니라 녹색 에메랄드가 빛나는 완벽한 프러포즈 링.

보류 기간을 오늘 저녁까지로 앞당기는 도진이었다.

•에필로그
1

2am cactus

〈특별 기획:웹툰 작가 김피스 단독 인터뷰〉

데뷔부터 파격 논란을 불러일으킨 작가가 있다. 아직 성인물 웹툰이 생소하던 7년 전, 혜성처럼 나타난 김피스를 이르는 말이다.

성인물이라면 그 옛날 담배 연기 자욱한 만화방 구석, 게슴츠레한 눈으로 보던 F컵 여비서와 중년 사장의 밀회가 전부이던 독자들을 그야말로 충격에 빠뜨린 작품 「라그나로크:피의 성전」.

흔한 공모전 당선 이력조차 없는 스물다섯 살 괴물 신인은 순식간에 연재 사이트 1위를 차지했다. '천재냐, 변태냐'라는 극단적인 의견이 오갔다.

4년에 걸친 데뷔작이 끝난 뒤 반년 만에 들고 온「크리티컬 포인트」는 성인물 웹툰 최초 영화화되었고 19세 미만 관람 불가 등급 판정에도 누적 관객 수 815만 명(영진위 기준)을 달성하며 한국 스릴러계의 새로운 장을 열었다고 평가받았다.

현존 웹툰 작가 중 가장 많은 팬 카페를 거느린 동시에 가장 많은 안티 카페를 보유하고 있는 7년차 프로 작가 김피스를 집요하게 파고들어 보았다.

편집부(이하 '편'):정말 어렵게 모셨다. 유비가 제갈량을 얻기 위해 삼고초려 했다는 일화가 있는데 우리 담당자는 반년 전부터 연락을 백 번은 넣은 것 같다. 매체 노출을 극히 꺼리는 이유가 있는가?

김피스(이하 '김'):초록 창에 내 이름 석 자를 쳐 봐라. 본명을 안다면 본명도 좋다. 검색 결과 한 페이지 넘기기도 전에 알게 될 거다.

편:데뷔 때부터 악플에 시달려 왔다. 이제 7년차인데 무뎌진다든가 하는 변화는 없나?

김:지금 당신을 칼로 찌르고 정확히 7년 뒤 같은 자리를 또

찌르겠다. 그러면 좀 덜 아플 것 같나? 비유가 과격했나(웃음). 하지만 사실이다. 뇌수가 튀고 유혈 낭자한 그림을 그린다고 해서 내가 감정이 없는 사이코패스인 건 아니다. 그런데 그 둘을 착각하는 사람들이 꽤 많은 것 같다. 말랑말랑한 연애물, 일상물 그리는 작가들보다 내가 훨씬 공격당하기 좋은 작품을 하는 탓도 있겠지만.

편:확실히 김피스와 연애물은 어울리지 않는 조합 같다. 그렇다면 '공격당하기 좋은 작품'을 고집하는 까닭이라도 있나? 평화(Peace)를 뜻하는 닉네임과 달리 인간의 잔혹함과 폭력성을 꾸준히 다루고 있다.

김:그 어떤 픽션도 현실을 능가하지 못한다. 차마 입에 담기 꺼려지는 일들이 현실에선 너무도 '현실감 없이' 일어나고 있다. 아는 사람은 알겠지만 작년에 내게 일어난 사건만 해도 그렇다. 그전까지만 해도 나는 내게 적의를 품은 누군가가 한밤중에 집에 침입해 흉기를 휘두르리라고는 상상하지 못했다. 내가 무슨 대단한 정치 거물도 아니고, 제거해야 할 상대편 조폭 보스도 아닌데 말이지(웃음). 어쨌든 내 작품 수위는 현실에 비해선 한참 낮다고 생각한다. 차이점은, 아무래도 픽션이니까 개연성이 없으면 독자들이 분노하겠지. 아무래도 나부터가 삐뚤어진 인간이기 때문인지, 좋은 인물들이 예쁜 삶을 사는 이야

기는 끌리지 않는다.

편:좀 뜬금없지만 말이 나온 김에 묻겠다. 9시 뉴스에도 나왔던 그 사건. 당시 매체에는 단독으로 피해를 입었다고 나왔는데 실은 묘령의 여성과 함께였다고 들었다.

김:묘령의 여성이라……. 이래서 어중간한 신상 보호가 괜한 오해를 불러일으킨다는 거다. 묘령의 여성이 아니라 연인이다. 지금의 와이프고. 고백 비슷한 걸 했던 로맨틱한 밤이었다. 최소한 그 일이 있기 전까지는 완벽했지.

편:(일동 당황) 김피스 입에서 로맨틱이라는 말이 나오다니 위화감이 상당하다. 소문이 사실인가? 대단한 애처가라고 알려져 있는데.

김:예쁜 사람을 예뻐하는 게 이상한가.

편:이상한…… 건 아니지. 하긴 와이프 분이 상당한 미인이라 들었다. 게다가 한창 깨 볶는다는 신혼 초고. 어떤가? 결혼 생활은 만족스럽나?

김:미칠 듯이 좋지, 뭐. 몸도 마음도 남아나지 않는다.

편:허허. 자꾸 파격적인 대답을 하니까 질문도 과감히 하게

된다. 그럼 조심스럽게 물어보겠다. 블로그 제목 '20cm'가 화제인 이유를 알고 있나?

김:직접 글을 남기고 가는 사람도 많다. 어떤 사람은 20cm의 발음이 욕설과 비슷한 점을 들면서 김피스가 제목에 대놓고 욕 써 놨다고 하기도 하더라. 사실 얽힌 사연을 얘기하자면 긴데……. 예전에 다육선인장 하나를 단기간에 웃자라게 하려다가 포기하고, 최대한 비슷하게 생겼지만 이미 웃자라 있는 걸 구입한 적이 있다. 볼품없이 길게 자란 게 한 20cm는 됐을 거다. 거기서 착안했다.

편:이해가 잘 안 된다. 식물에 대해 잘 아는 편은 아니지만 보통 웃자란 건 안 좋은 거 아닌가?

김:그렇다. 병 걸린 게 있다면 그걸 샀을 거다. 그런데 아쉽게도 비슷한 모양에 병이 걸려 있는 건 없더라.

편:흠, 그렇다면 20cm가 (실례) 남자로서의 자부심과 관련되어 있다는 '설'은 사실이 아니라는 뜻인가?

김:그런 설도 있나? 하여간 세상엔 미친놈들이 많다.

편:또 하나의 루머에 불과한 거였나?

김:아니라는 소린 안 했다.

❖　　❖　　❖

　노트북 모니터를 뚫어져라 응시하던 지우는 막 샤워를 마치고 나온 남편을 충격 어린 눈으로 쳐다보았다. 촉촉이 젖은 머리카락과 단단한 등을 타고 흐르는 물방울.

　평소였다면 애교 있게 달려가 등을 살짝 깨물었겠지만 인터뷰를 보고 난 지금이라면 말이 달랐다.

　신혼 두 달차에 알게 된 엄청난 비밀.

　주부가 대부분인 사이트에 익명으로 올리면 조회수 상위권에 랭크될지도 모른다. 제목부터 막 흥미를 자극하잖아.

　제 남편에게 숨겨 둔 아이가 있었어요! 제겐 입도 벙긋 안 하고 초혼이라 속였어요!

　아침드라마 같은 사연이 펼쳐질 듯한 기대감을 불러일으킨다.

　적어도 지우에게 있어서는 출생의 비밀 뺨치게 충격적인 이야기였다.

　"권도진 씨, 우리 얘기 좀 해요."

　소파에 앉아 몸을 나른하게 뒤로 젖힌 도진이 지우를 올려다보았다.

　물기를 다 닦기 전엔 함부로 앉거나 눕지 말라고 한 잔소리를 떠올린 것일까. 도진이 장난꾸러기처럼 입꼬리를 씩 밀어 올렸다.

"한 번 더?"

"그, 그게 아니라."

위험하다. 자칫 말려들 뻔했어. 지우는 대책 없이 섹시한 남편과 진지한 토론을 하려면 우선 옷부터 입혀야겠다는 생각을 했다.

맨살을 대하면 정신을 못 차리는 건 남자들뿐만이 아니었던 거다. 물론, 상대에 따라 달라지겠지만.

"나한테 거짓말한 거 있죠?"

"어제, 아니면 오늘?"

갑자기 정신이 멍해졌다. 이건 또 무슨 소리란 말인가. 침착하게 추궁하려던 지우의 목소리가 저절로 올라갔다.

"어제도 하고 오늘도 했어요? 저기요, 남편님. 혹시 상습범이세요?"

"사람이 어떻게 백 퍼센트 솔직하고 살아. 그러면 당신, 상처받을걸. 보들보들한 송지우 양 마음에 스크래치 내는 건 못 할 짓이지."

멀쩡한 식물을 다 죽어 가는 애로 바꿔치기하는 건 괜찮고?

지우는 더 이상 할 말이 없어져 손가락으로 식탁 위의 노트북을 척 가리켰다.

최대한 무서운 표정으로 '이제 네 잘못을 알아 맞춰 봐' 게임을 시작하는데 남편이란 사람은 여전히 분위기 파악이 안 되는 것 같았다.

식탁에서 하자고? 이런 소리나 하고 있으니.

"인터뷰."

순순히 알려 주기엔 괘씸하다. 지우는 짤막하게 힌트 한 토막을 던졌다.

수수께끼 같은 아내의 말에 식탁과 노트북과 인터뷰의 상관관계를 잠시 생각하던 도진은 그중에 식탁을 제외시켰고 이내 깨달은 바가 있는 듯 고개를 끄덕였다.

"아아."

"아? 아아? 그게 다예요? 아아?"

지우의 눈매가 사납게 변했다. 작년 초봄, 도진의 아파트 베란다에서 죽어 갔던 수십 개의 식물들이 파노라마처럼 스쳐 지나갔다.

그리고 이어서 떠오른 수상한 흔적들. 당시에는 심증밖에 없어 그저 의혹으로 넘겨야 했던 것들이 죄다 복선처럼 지우를 덮쳤다.

도진은 비흡연자인데 반해 허브 화분에서 담배 냄새가 심하게 나던 것이며, 끼니 챙기기도 귀찮아하는 사람이 매일 화분에 물을 듬뿍듬뿍 줬던 것 등등 나열하자면 끝이 없었다.

그야말로 감쪽같이 속았다는 생각에 지우가 발을 쿵쿵 구르며 목소릴 높였다.

"어쩜 그럴 수가 있어요? 무슨 생각으로 그런 거예요? 난 그런 줄도 모르고 정말 식물 키우는 데 소질이 없는 사람이구나, 라고만 생각했지. 저기, 내 말 듣고 있어요?"

도진의 손이 뻗어 와 느릿하게 지우의 손목을 감아쥐었다. 팔을 빼낼 새도 없이 그대로 끌려가 탄탄한 품 안에 안겼다. 베이지색 얇은 스웨터 너머로 따스한 살갗이 느껴졌다.

"아아아, 안 들려. 하나도 안 들려."

도진이 눈을 감은 채 지우의 어깨에 코를 파묻고 숨을 들이마셨다. 마치 인형을 안듯 품에 완전히 가둔 상태였기 때문에 지우는 옴짝달싹도 못 하고 인상이나 북 쓸 수밖에 없었다.

이번만은 절대 봐주지 않을 거다.

"……얼굴도 모르는 사람들에게 갈기갈기 찢긴 날이면 방구석에 들어앉아 생각했지. 누구라도 끌어안고 위로 좀 받았으면 좋겠다고."

지우를 껴안는 힘이 지그시 강해졌다.

"누구든지 상관없으니까 한 명만. 딱 한 명만. 내 속을 휘

젓는 시커먼 구정물이 다 흘러나갈 때까지 그저 곁을 지켜 줄 딱 한 사람을 간절히 바랐어."

조금 탁한 저음이 지우의 귓가를 간질였다. 그의 말을 듣고 있자니 살짝만 건드려도 무너질 것 같던 도진의 작업실이 떠올랐다.

벽을 채우고 있는 그림들은 분명 대단한 작품이었지만 보는 사람이 흠칫할 정도로 날카롭고 하나같이 잔인했다.

그 방 안에서 도진은 어떤 생각을 하며 그림을 그려 왔을까.

저절로 허물어지는 마음에 지우는 싫은 표정을 지었다.

"나빠요."

이러면 더는 화를 낼 수가 없다. 정작 당사자인 도진은 위기를 모면하기 위해 가끔씩 전략적으로 힘든 과거를 언급하곤 했다. 지우도 그걸 알았다.

하지만 그가 죽을 듯이 힘들었던 것 또한 사실임을 알고 있기에 냉담하게 굴 수가 없었다. 이 주제만 나오면 지우는 백이면 백, 지고 만다.

"알아."

도진이 속삭였다.

"내가 얼마나 나쁜지, 얼마나 자기 아이들에게 나쁜 영향을 미치는지 하루에도 수백 명이 내게 알려 주니까. 알아. 권도진 나쁜 새끼인 거.”

“……그런 뜻 아닌 거 알잖아요.”

농담으로라도 스스로를 깎아내리는 말은 듣기 싫었다. 지우가 조그맣게 칭얼거리며 몸을 움직이려 들자 도진이 소리 죽여 웃었다.

그가 웃을 때마다 지우의 등을 타고 자잘한 울림이 퍼져 나갔다.

“웹상에 올라간 건 편집본이야. 안 그래도 안티가 넘쳐 나는데 거기다 식물 애호가들까지 합세하면 곤란할 거라며 편집부 측에서 적당히 잘라 줬지. 실은 뒤에 더 있어. 타깃이 식물에 죽고 못 산다는 걸 알게 된 다음부터 돈과 시간을 들여서 눈도장을 찍었지. 한 300개쯤 사면 관심을 보이려나, 했는데 다행히 아가씨가 80개쯤에서 말을 걸더라고.”

지우의 꿈틀거림이 멎었다. 도진은 나긋하고 다정한 목소리로 말하고 있지만 어째 지우는 범죄 자백을 듣는 기분이 들었다.

그가 제 관심을 끌기 위해 무작정 꽃집을 출입했다는 것만 알고 있지, 여태까지 자세한 비하인드 스토리는 듣지 못했다.

“첫 화분을 들고 온 날 곰곰이 고민했지. 일단 일은 저질렀다. 그다음엔 어떡할까.”

도진의 숨결이 귀를 간질였다.

"살릴까, 죽일까?"

스웨터 아래로 소름이 오스스 돋았다. 햇살 좋은 일요일 오후, 남편에게 안겨 이야기를 듣고 있을 뿐인데 왜 공포 실화 듣는 기분을 느껴야 하나.

그러나 도진의 말은 아직 끝나지 않았다. 심지어 뿌듯하기까지 한 목소리로 입가에 미소를 머금은 채 말했다.

"결정은 쉬웠어. 원고 작업할 때랑 똑같았거든. 애가 사는 게 스토리 진행에 도움이 될지, 아니면 죽어야 말이 될지. 잠깐 생각해 보니까 수십 개를 사 가서 잘 키우는 것보다 단기간에 죽여 버리는 게 더 깊은 인상을 줄 것 같더라고."

"권도진 씨."

"종류 불문하고 과습은 최악이라더라."

"저기요, 범죄자님?"

도진이 씩 웃었다.

"행여 잊을까 봐 폰에 물 마시는 어플 깔았잖아. 작업에 들어가면 자꾸 까먹거든."

지우가 도진의 팔을 세게 꼬집었다. 윽, 하는 소리와 함께 품에서 풀려났다. 듣자 듣자 하니 도저히 가만있을 수가 없었다. 처음엔 무서웠지만 이젠 화까지 날 지경이었다.

이거 완전 계획범죄잖아?

게다가 자신이 그의 예상대로 움직였다는 게 화를 부추겼다. 도진의 말이 맞았다. 그가 사 간 식물들이 다 죽어 간다는 말이 지우를 울컥하게 했고 결국 그날 바로 도진의 아파트를 찾아갔었다.

얼마나 어처구니가 없었는지 있지도 않은 A/S까지 들먹여 가며 부지런히 그의 집을 드나들었다. 그게 관심으로 이어졌고 사랑을 나누게 되었고.

오늘 이렇게 부부가 되었지.

"사기 결혼이야, 이거!"

지우의 조그만 몸에서 분노의 아우라가 뿜어져 나왔다. 그걸 본 도진은 성난 병아리가 빡빡대는 모습을 떠올렸다.

너무 너무 화가 난다! 빡! 빡!

그는 어깨를 들썩이며 웃었다. 참아 보려 했지만 점점 붉어지는 지우의 얼굴을 보고도 웃음을 멈출 수가 없었다.

아내가 귀여워 미칠 것 같았다. 아, 중증이네, 이거.

"웃어? 도진 씨, 내 말이 웃겨요? 당신 지금 이혼 위기에 처했거든요?"

도진도 감정이 있는 사람인지라 일부러 뿌리를 썩히고 어두운 베란다에 처박아 둘 때 마음이 딱히 좋지만은 않았다.

그래도 어쩔 수 없다고 생각했다. 자신의 말을 믿고 덥석 집 안으로 걸어 들어올 지우를 떠올리면 눈앞에서 익사해 가는 식물들이 연기처럼 사라졌다.

No pain, no gain.

고통 없이는 얻는 것도 없다. 다만 이번엔 자기 대신 식물이란 점이 다를 뿐이다.

"내 말은 귓등으로도 안 듣는다 이거죠? 두고 봐. 오후 산책 간 사이 집 나가 버릴 거야."

지우가 단단히 화가 났는지 강수를 뒀다. 어지간해선 저녁을 안 준다거나, 마음이 풀릴 때까지 각방을 쓰겠다는 식의 협박으로 끝내는데 이번엔 가출을 들먹였다.

도진의 입가에서 웃음기가 걷혔다. 그것만으로도 분위기가 완전히 변했다.

"사라지기만 해 봐. 정원에 있는 녀석들 다 뽑아 버릴 테니까."

"헉."

지우의 눈이 충격으로 커다래졌다. 두 사람의 신혼집은 정원이 딸린 2층 주택이었다. 어릴 때 이후로 줄곧 아파트에 살았던 지우는 자신만의 정원을 가진 것에 행복해했고 당연히 정성 들여 식물을 가꿨다.

그런 아이들을 죄다 뽑아 버리겠다고 경고하고 있는 것이다. 그녀의 남편이, 이미 수십 개의 화분을 끝내 버린 전적이 있는 전과자가.

"······바보멍게해삼말미잘."

항상 왜 해양 생물들을 욕 대신으로 쓸까 궁금해했던 그녀다. 지금까지 별로 쓸 일도 없었다. 하지만 지우는 오늘 처음으로 그 관용구를 입에 담았다.

아무리 그래도 남편에게 개, 발과 관련된 말을 퍼부을 순 없으니까.

어쩌지? 뭘 더 어떻게 해야 답답한 속이 풀리지? 나 엄청 화났다는 의도가 다분한 발걸음으로 주방으로 옮겨 간 지우는 냉장고를 보고 옳다구나 싶었다.

달달한 간식을 즐기지 않는 도진이 요즘 유일하게 맛있어하는 아이스크림콘이 떠올랐다.

개인 가게에서 파는 거라 한번 들를 때마다 냉동 포장을 해 오곤 하는데 마침 그를 위해 양보해 둔 마지막 아이스크림이 냉동실에 잠들어 있었다.

내가 먹어치워 버릴 거야. 지우가 포장을 뜯어 야무지게 한입 베어 물었다. 부드럽게 달콤한 바닐라 맛이 입안에 퍼져 나갔다.

도진은 샤워하러 들어가기 전에 이게 하나 남은 걸 확인했었다. 아마 씻고 나서 먹을 생각이었겠지. 지우는 일부러 그를 흘겨보며 크림을 날름 핥아 먹었다. 이젠 내 뱃속으로 사라진다 이거다.

도진이 그런 지우를 가만히 바라보다가 소파에서 일어났다. 입가엔 엷은 미소가 다시 돌아와 있었다.

"미안."

그가 새하얀 아일랜드 식탁을 돌아와 지우의 옆에 섰다. 토라진 아이를 달래듯 고개를 살짝 기울여 지우를 들여다보면서 재차 말했다.

"미안해. 내가 잘못했어."

"조금도 그렇게 생각 안 하면서."

"⋯⋯들켰나."

지우가 발끈해 한마디 쏘아붙이려는데 그의 손가락이 입술을 쓸고 지나갔다. 크림 묻은 손가락을 입으로 가져가더니 그녀가 보는 앞에서 쪽, 하고 빨아 먹었다.

"근데 그거 혼자 다 먹을 거야? 나 먹으라고 일부러 남겨 놨다며."

"마음이 바뀌었어요. 도진 씨는 이거 먹을 자격 없어."

짙은 눈썹이 위로 치켜 올라갔다.

"그래?"

"뭐예요, 그런 눈은?"

한입 크게 베어 문 다음 무슨 말을 더 하려고 했다. 진심으로 미안한 게 아니더라도 최소한 성의는 보이라든가 뭐 그런.

하지만 지우는 말을 이을 수가 없었다. 도진이 다가오더니 아이스크림을 물고 있는 지우의 입술을 그대로 삼켜 버렸다.

말랑한 입술이 벌려지고 차갑고 달콤한 크림이 도진의 입안으로 넘어갔다.

보드라운 입술 사이로 도진의 혀가 들어오더니 지우의 구석구석을 빈틈없이 자극했다. 크림을 맛본 다음엔 매끄러운 속살을 핥았다.

어깨를 밀치며 떼어 내려 했지만 도진은 순순히 떨어질 마음이 없어 보였다.

"으응……."

오히려 차츰 떠밀려서 지우의 허리 뒤로 식탁이 닿았다. 강건한 팔에 감싸인 채로 지우의 상체가 조금씩 뒤로 젖혀졌다.

차갑게 식은 지우의 혀를 뜨거운 혀가 감았다. 달콤한 바닐라 크림을 사이에 두고 오돌토돌한 돌기가 비벼졌다. 타액과 크림이 섞여 견디기가 힘들어진 지우가 입안의 것을 삼키자, 도진이 만족스러운 듯 웃었다.

그가 천천히, 공들여 지우의 혀를 빨았다. 아이스크림이 다 사라지고 그녀의 입안이 그 자신만큼 따뜻해질 때까지.

"하아……."

지우가 항복 같은 신음을 흘렸다. 낙낙한 트레이닝 바지에 감싸인 제 허벅지를 그녀의 다리 사이로 들이밀면서 도진이 슬쩍 시계를 확인했다.

오후 2시.

사랑하기 좋은 시간이다.

에필로그
2

2am cactus

—안녕하십니까, 권도진 선배님! 저는 T대학 만화 동아리 '내일은 또 내일의 마감이 뜨겠지'의 32기 회장 황민호입니다. 반갑습니다! 혹시 지금 전화 통화 가능하십니까?

이토록 군기가 바짝 들어간 어린 목소리는 입대한 사촌 동생 이후로 처음인 것 같다.

꽃과 나무에 물을 주고 있는 남편 대신 전화를 받은 지우는 어떻게 대답해야 할지 고민하다가 입을 열었다.

"저기 도진 씨는, 그러니까 남편은 지금 전화를 받기가 좀 곤란해서요. 제가 대신 말을 전할까요, 아니면 이후에 다시 전화하시겠어요?"

―예? 아, 아아, 남편 분. 아아.

어린 남학생에게는 굉장히 생소한 호칭이겠지.

지우는 당연히 도진과 직통으로 이어지리라 생각하고 전화를 걸었을 학생의 모습이 눈에 선해 웃음을 쿡, 터뜨리고 말았다. 상대방은 간신히 마음을 정한 듯 대답했다.

―저, 그럼 바쁘신 와중에 대단히 죄송하지만 혹시 권도진 선배님께서 시간이 되신다면 이번 주 토요일에 열리는 동아리 홈커밍데이에 참석해 주시면 무한한 영광이겠습니다.

"어머, 홈커밍데이! 정말 오랜만에 듣는 말이에요."

―제발 간곡히 부탁드립니다. 제발, 제발, 진짜 정말 제가…… 선배님의 팬이라.

발랄하면서도 다정한 지우의 반응에 힘을 얻었는지 상대방이 거의 애원하듯이 요청했다.

도진의 졸업 이후로 회장이 여섯 번이나 바뀌었지만 어느 누구도 그를 참석케 하지 못했고, 자신이 반드시 참석 확정을 얻어 내리라 선언했을 때 모든 사람들이 고개를 내저었다고 했다.

'그분'은 이런 자리에 오실 분이 아니셔.

어차피 안 올 게 분명하니 애초에 전화조차 하지 말라고 한 사람도 있었단다.

전임 회장은 작년에 전화를 걸었다가 무슨 말을 들었는지

몰라도 이번 회장이 도진에게 전화하지 못하도록 폰을 **빼앗**
으려 했다는 소리에 지우는 다소 아연해졌다.

"갈게요."

그래서였나. 도진에게 물어보지도 않고 참석 여부를 결정
하고 말았다.

"재밌겠다. T대학이면 캠퍼스가 예쁘기로 소문난 곳 아닌
가요? 도진 씨 꼭 데리고 갈게요. 가면 도진 씨가 다니던 강
의실이랑 도서관 같은 거 볼 수 있는 거죠?"

—우어, 어, 아, 아아.

몇 마디 더 하고 통화를 마무리 지으려 했던 지우는 수화
기 너머 들려오는 괴성에 입을 다물었다.

아무래도 자신이 어린 학생에게 너무 큰 자극을 준 것 같
았다.

"이런 데 올 필요 없다고."

도진이 차갑게 말했다. 잘생긴 얼굴에 짜증이 아주 제대로
어려 있었다.

"강의실이 다 똑같지. 그리고 꼭 캠퍼스가 보고 싶었으면
평소에 와도 되는 거였어. 굳이 이렇게 행사 날……."

"나 도진 씨 학교생활 궁금하단 말이에요. 동아리 활동도
했다면서요. 만화 동아리라니 완전 귀여워요. 난 또 우리 남

편님, 학교 혼자 다닌 줄 알았잖아."

토요일의 캠퍼스는 평일과 또 다른 느낌이었다.

학생 수는 적은 대신 얼굴에 여유가 흘렀고 공기 중에 한적한 낭만이 떠다녔다. 동아리 방이 모여 있는 학생회관으로 가는 도중에 지우는 연이어 사진을 찰칵찰칵 찍었다.

앵글 안에 '축, TOP 웹툰 작가 권도진 선배님 왕림' 플래카드가 들어왔다. 5층짜리 학생회관의 꼭대기 층 창문에서부터 거의 2층까지 달하는 스케일에 지우의 동행인이 이를 갈았다.

"하여튼 이 지긋지긋한 구석은 변하는 게 없어."

지우는 마냥 신 났는데 도진은 무슨 도살장에 끌려가는 소처럼 유야무야 5층으로 올라갔다. 소치고는 지나치게 성질이 드세 보이긴 하다. 그리고 계단 모퉁이를 도는 순간 소의 분노는 극심해졌다.

동아리의 모든 인원이 복도에 나와 누군가를 기다리고 있었다.

폭죽을 든 놈, 고깔을 쓴 놈, 대체 무슨 생각으로 만들었는지 모르겠지만 하와이언 스타일 꽃목걸이를 들고 있는 놈. 아주 종류도 다양했다.

설마 저 목걸이를 내게 걸려는 생각은 아니겠지?

도진의 눈빛이 얼마나 험했는지 몰라도 바로 다음 순간

아직 앳된 티가 남아 있는 남학생이 얼른 꽃목걸이를 그의 목에 걸었다.

"어서 오십쇼, 선배님!"

"영광입니다, 선배님!"

"제발 적당히 해라……."

도진이 벌써부터 피곤한 듯 이마를 짚었다. 덩달아 복도로 나온 도진의 선배들은 아무리 권도진의 위세가 대단하다지만 이거 대우가 불공평하리만치 다르다며 투덜거렸다.

그가 자리에 앉자마자 복도에서 고기 굽기가 시작되었다. 휴일이긴 해도 연기가 다른 데까지 퍼질 텐데 동아리 부원들은 그런 것 따위는 아무 상관 하지 않는 듯했다.

맥주와 음료수가 한 차례 돌고 지우가 밝은 얼굴로 제 소개를 했다.

신혼 5개월이면 무슨 느낌이냐는 질문에 지우가 여전히 두근거리고 달달하다고 답하자 여기저기서 잔을 비웠다. 남편이 잘해 주느냐는 질문에 여기서 더 잘해 줄까 봐 걱정이라고 했더니.

"세상에, 권도진도 변하는구나."

30대 중반쯤으로 보이는 남자가 혀를 내두르며 소주 뚜껑을 열었다. 그의 부인이라는 여자는 도진이 방 안으로 들어오는 순간부터 눈을 떼지 못하다가 남편의 한마디에 입을 열었다.

"학창 시절엔 어땠기에 그래?"

"저도 궁금해요! 도진 씨 학교생활."

이때다 싶어 지우가 얼른 숟가락을 얹었다. 도진의 입으로 는 좀처럼 듣기 어려우니 오늘 이 자리에서 모조리 듣고 갈 셈이었다.

도진이 눈으로 위협하든 말든, 이미 모두의 주목을 받았다 는 사실에 으쓱해진 남자가 거창하게 목을 가다듬었다.

그때였다.

쾅!

누군가 동아리방 문을 발로 걷어차고 들어오면서 외쳤다.

"내일은 내일의!"

열심히 고기를 나르던 현재 부원들이 세뇌라도 당한 아이 들처럼 그 즉시 뒷말을 이어받았다.

"마감이 뜨겠지!"

"맙소사, 이게 누구냐? 야, 오늘 무슨 날이야?"

가장 나이 많은 선배가 일어나며 두 팔을 벌려 환영했다. 왁자지껄한 인사가 이어졌다.

붙임성 좋게 일어나 소개받을 순서를 기다리던 지우는 남 편의 표정이 말로 표현할 수 없을 만큼 어두워진 걸 보고 흠 칫 놀랐다.

아까 플래카드나 꽃목걸이를 목격했을 때의 분노 지수가 50이라면 지금은 한 12,000 정도 되는 것같이 보였다.

"반갑습니다."

지우 앞으로 불쑥 내밀어진 손이 있었다. 고개를 들자 성인 남자가 예쁠 수 있는 선에서 최고로 예쁘게 잘생긴 청년이 싱긋 웃었다.

눈에 띄는 미모와 달리 옷차림은 낡은 청바지에 어디서 주워 입은 듯한 점퍼로 굉장히 난해했다.

"영화감독 천진한입니다. 아마 그쪽이 지우 씨겠죠?"

"아, 네. 반갑습니다. 전 도진 씨 와이프 송지우예요."

"지우 씨 같은 귀여운 미인을 잡으려고 권도진이 숱한 연애를 연애로만 끝냈나 봅니다."

함께 마주 웃어 주었는데 뭔가 말을 곱씹어 보니 뒷맛이 좋지 않았다. 주변 분위기를 살피자 두 사람을 아는 선후배들이 죄다 웃고 있었다. 벌써부터 시작이냐는 말이 나왔다.

아, 원래 이런 분이구나. 이런 농담을 즐겨하시는구나. 농담에 일일이 예민하게 반응하기 싫어서 지우는 계속 미소를 유지했다.

"도진이 얘기하고 있었나 봐요?"

착석하자마자 맥주잔을 비운 진한이 누구에게랄 것 없이 물었다. 여기저기서 말이 동시에 터져 나왔는데 누군가 도진의 학창 시절 이야기는 진한에게 들어야 한다는 주장을 펼쳤다.

"많이 친하셨어요?"

지우가 궁금함을 담아 물었다. 그 질문에 상대의 표정이 기묘해졌다.

"가깝다면 가깝고 멀면 한없이 먼 존재랄까요."

그러더니 도진을 슬쩍 보고 덧붙였다.

"밝혀도 괜찮겠어? 권도진 에너자이저 설(說)."

도진은 노려보는 것조차 싫다는 듯 연신 잔을 비웠다. 지우의 애원이 있었다지만 이곳에 온 건 최악의 실수였다고 생각하는 게 분명했다. 그가 기분이 제일 안 좋을 때 짓는 표정이 나왔다.

지우는 호기심과 남편의 눈치 사이에서 치열하게 갈등했다. 그러나 지우가 결정내리기도 전에 상대는 이미 이야기를 시작했다. 옛 추억을 회상하는 눈빛으로 말을 이었다.

"때는 10년 전 화이트데이 다음 날, 아니, 처음부터 제대로 말하자면 화이트데이 당일이겠네요. 아직 3월 추위가 가시지 않은 밤에 학생회관 복도를 울리던 소리가 있었죠. 밤 11시부턴가 시작해서 새벽 동이 터올 때까지…… 여기 신입들 중에 혹시 미성년은 없지?"

천진한 저 자식을 죽여 버렸어야 했어.

도진은 주먹을 쥐었다 펴길 반복하며 분을 삭였다. 학생회관 건물 어디에도 지우가 보이지 않았다. 그럼 밖으로 나갔나?

그는 셔츠 단추를 하나 더 풀었다. 술기운 때문만은 아닌 열이 뻗쳐서 도무지 몸이 식지가 않았다.

진한의 덫에 지우가 걸려들었다. 다들 흥미진진하게 경청하는 분위기라 학생 때처럼 멱살을 잡을 수도 없고, 무엇보다 지우가 계속 듣고 싶어 해 그만두게 하지 못한 게 잘못이었다.

"지우 씨한테도 와인으로 작업 걸던가요?"

그 말을 들은 순간 지우의 표정이 굳었다. 물론 기지를 발휘해 농담으로 맞받아치긴 했지만 이후로 지우는 확실히 말수가 줄었다.

잠깐 화장실을 다녀오겠다더니 20분째 돌아오지 않았다. 도진의 메시지도 읽지 않고 전화를 걸어도 신호가 갈 뿐 받지는 않았다.

연락이 완전히 차단당했다. 사람들이 있는데 말도 없이 집에 돌아갔을 리는 없다. 캠퍼스 어딘가에는 있을 텐데 어디서부터 찾아야 할지 막막했다.

연락이 안 되는 게 바로 이런 기분인 거군.

도진은 뒤늦게야 연애 초기 때 자신이 저지른 만행의 심각성을 자각했다. 다급한 마감 때문이긴 했지만 어쨌건 2주 동안이나 지우와 연락을 끊었었다.

미친놈, 2주라니. 그때 지우가 자신을 걷어차지 않은 게 놀라웠다.

그런 지우가 지금 대단히 상처받은 채 연락을 끊었다. 이제 겨우 20분이 지났는데도 도진의 입안이 바싹 말랐다.

"도대체 어딜 간 거야……."

캠퍼스를 한 바퀴 돌았을 무렵 호숫가 벤치에 앉아 있는 지우가 눈에 들어왔다. 그는 괜히 떨리는 가슴을 진정시키려 애쓰며 그녀를 향해 걸어갔다.

지우, 까지 불렀는데 텅 빈 시선이 돌아왔다. 눈가가 젖어 있었다.

천진한은 개자식이 맞다. 과거에도 그랬고 지금이라고 바뀌지 않았다.

"오해야."

급한 대로 가장 중요한 말부터 내뱉었다.

"거짓말이라고. 너 놀리려고, 나 곤혹스러운 꼴 보고 싶어서 꺼낸 말이야."

"……다들 알고 있던데?"

지우가 코를 훌쩍였다.

"권도진이 화이트데이 밤에 자기 좋다고 고백한 여자 선배랑 와인 나눠 마신 뒤 온 학생회관이 울리도록 하고 또 했다. 다음 날 여자 선배는 제대로 걷지도 못했다. 권도진 에너자이저 설. 그 이후로 작업은 무조건 와인으로. 아까 거기 앉아 있는 사람들이 다 알고 있던데요?"

"그게 그러니까."

"이, 이, 이 거짓말쟁이. 자기도 처음이라고 해 놓고. 불금 기분 내고 싶은데 아무도 곁에 없다며 불쌍한 척은 다 해 놓고!"

대체 어디서부터 해명을 해야 할지 모르겠다.

무엇보다 이 사건에 얽힌 오해를 풀려면 비하인드 스토리를 자신의 입으로 말해야 하는데 예전부터 도진은 일일이 해명하는 일이 정말 싫었다.

해명을 하고 있자면 애초에 그게 자신의 잘못이 아니었는데도 뭔가 죄를 지은 것처럼 느껴진달까.

하지만 지금은 지우가 우선이겠지. 그는 다시 한 번 속으로 진한을 저주한 다음 깊은 한숨을 내쉬고 말을 시작했다.

"저 얘기에서 딱 한 가지만 진실이야."

진실이 있긴 있다는 말이다. 첫 마디가 끝나기 무섭게 지우의 눈에 눈물이 그렁그렁해졌다.

"와인은 마셨어."

금방이라도 눈물이 굴러 떨어질 것 같다. 도진이 황급히 뒷말을 붙였다.

"혼자 마셨다고."

사실 이름도 민망한 권도진 에너자이저 설의 진실은 다음과 같았다.

때는 도진이 스물한 살이던 화이트데이. 그로부터 1년 전에는 입학과 동시에 미대에 끝내주는 섹시남이 들어왔다는 제보가 돌았었다.

서른한 살의 도진이 어른스럽고 위험한 섹시함을 풍긴다면 스무 살의 도진에겐 풋풋함과 색기가 공존했다. 당연하게도 온 예술학부가 난리가 났다.

너 나 할 것 없이 도진의 모델이 되어 주겠다며 줄을 섰지만 이 남자는 외모를 썩히기로 작정한 모양이었다.

여자에는 관심도 없고 그저 매일 스케치북에 그림만 그리고 있으니 항간에는 도진이 '그쪽' 취향이 아니냐는 소문마저 돌았다.

그리고 디데이(D-day). 숱한 여자들이 고백했지만 1년째 어느 누구도 받아 주지 않고 있는 철벽남을 와인으로 넘어뜨려 보려는 야망을 품은 여자 선배가 학과에 하나 있었다.

그녀는 특별히 엄선한 도수 높은 와인을 들고 상당히 야시시한 옷을 입은 채 용감하게 만화 동아리방 문을 두드렸다.

동아리 전시회를 준비한다며 도진이 늦은 오후부터 처박혀 있는 곳이었다. 그때가 밤 열 시 반이었다.

"뭐예요?"

작업에 지친 도진이 눈가를 문지르며 물었다. 적당한 피곤함에 젖은 남자는 섹시함이 배가 되는지 여자 선배의 가슴이 몹시도 들썩였다.

"계속 그림 그리고 있다더라."
"네."
"안에 다른 부원들은 없니? 혼자야?"
"네, 그런데요."

퍼펙트. 여자 선배는 와인을 건네주며 자연스럽게 방문을 넘었고 머리를 어깨 뒤로 쓸어 넘기며 필승의 가슴골을 노출했다.

몸매만은 어디 가서 빠진다는 소리를 들어 본 적 없었다. 도진이 제 아무리 철벽남이라도 알코올과 스킨십이 퍼부어 진다면 버텨 내기 힘들 것이다. 여자 선배의 입가에 야릇한 미소가 걸렸다.

"저기, 도진아. 좀 덥지 않니?"
"열 있어요, 선배? 난 얼어 죽을 것 같은데."

여기 난방이 쓰레기라고 중얼거리는 남자의 옷깃을 낚아 채 무조건 입술을 눌러 찍었다. 와인으로 먼저 녹이려고 했 는데 단둘이 있게 되자 마음이 조급해졌다.

"뭐해요?"

세 달 전에 도진을 찍고 줄곧 입맛을 다셔 왔다. 예쁘게 생긴 친구와 격렬하게 농구하던 모습은 환상이었다.
모델 뺨치는 키에 늘씬하게 잡힌 잔 근육, 취향에 백 퍼센 트 들어맞는 얼굴하며 모든 게 완벽했다. 오늘에야말로 결판 을 내고 말리라.
그런데 너무 마음이 앞서 나갔던 것일까. 진하게 혀까지 내어 키스하던 곳은 도진의 입술이 아닌 손등이었다. 며칠째 동아리방에서 밤을 새며 작업한다더니 노곤함에 하품이 나온 모양이었다.

"이러려고 왔어요?"

"왜, 내가 싫어?"

"싫은 건 아닌데 딱히 좋아하지도 않고, 전 지금 일이 밀려서."

워커홀릭 권도진의 싹수가 보이던 순간이었다.

여자 선배의 방문 목적을 파악하자마자 도진은 글래머러스한 몸을 홱 돌려세워 거의 던지듯이 문 밖으로 보내 버렸고, 손잡이의 똑딱 버튼을 눌러 아예 출입을 차단했다.

여자 선배가 정신을 차리기까지는 꽤 오랜 시간이 걸렸다. 심지어 그 짧은 시간 동안 아찔한 구두도 벗고 지퍼도 절반이나 내렸는데.

맨발로 복도의 냉기가 전해져 왔다. 온몸이 움츠러들면서 저절로 바들바들 떨렸다.

"……도진아? 저기?"

도저히 인정할 수 없는 현실.

"권도진? 문 좀 열어 볼래, 잠깐만?"

무시하고 작업을 계속하려던 도진은 그제야 바닥에 널브러진 구두를 발견했다. 잠깐 생각해 보니 여자 선배의 옷차림도 대단했던 것 같다.

설마 그 꼴로 집까지 가진 않겠지? 술집에서 일하는 아가씨라 해도 부족함이 없어 보였다.

문이 활짝 열렸다. 여자 선배의 표정 또한 밝아졌다.

"여기 구두하고 점퍼요."

쾅!

눈 깜짝할 새 문이 닫혔다. 아직 세상의 쓴맛을 보지 않았을 때라 도진에겐 다소간의 인간미가 남아 있었다. 자신이 입고 있던 학과 점퍼를 구두와 함께 던져 준 그는 다시 작업의 세계로 빠져들었다.

울고불고 난리치던 여자 선배는 언제쯤엔가 돌아간 것 같은데 방해는 영 생각지도 못한 곳에서 이어졌다. 옆 동아리방에서 여자의 자지러지는 신음 소리가 들리기 시작한 거다.

도진은 처음에 누가 야한 동영상을 크게 틀기라도 한 줄 알았다. 하지만 그게 진짜 사람이 내는 소리란 걸 깨닫고, 이어서 복도가 울릴 정도로 격한 소리가 터져 나오자 며칠째 누적된 피로와 분노가 동시에 폭발했다.

그의 눈에 와인 병이 들어왔다. 여자 선배에게 돌려주는 것을 깜빡한 것이다. 도진은 빈속에 와인을 콸콸 들이붓고 새벽까지 작업을 하다가 동아리방 소파에 드러누웠다.

취기에 몸은 늘어지는데 새벽의 추위는 얼마나 스산한지. 얇은 담요와, 색깔만 벌겋게 들어오는 게 아닌가 의심스러운 전기난로만으로는 견디기가 힘들었다.

그래서 그는 방 한구석에 처박혀 있던 커다란 곰 인형을 끌어안았다. 지난 발렌타인데이에 받았는지 크리스마스쯤 받았는지 기억도 안 나는 하얀 곰 인형을 끌어안으니 제법 포근해서 웬만한 이불보다 낫다는 생각이 들었다.

몇 시간 뒤인지 알 수 없지만 누군가 도진을 흔들어 깨웠다. 쿡쿡, 소리 죽여 웃는 기분 나쁜 소리는 아마 제 원수 놈인 것 같은데 뭐가 그리 재밌는지 연신 웃고 또 웃었다.

그때부터였다. 권도진 에너자이저 설이 정설처럼 돈 게.

배후는 너무 당연하게도 도진을 처음 발견한 진한이었다. 온 캠퍼스의 초콜릿이란 초콜릿은 다 쓸어간 놈이 화이트데이 다음 날 아침, 궁상맞게 곰 인형을 끌어안고 자는 모습으로 발견되느냐며 엄청 재밌어했었다.

새벽까지 도진을 괴롭히던 AV 커플 중 남자 쪽이 진한이었다는 건 뒤늦게 알았다. 아무래도 그 학기 때부터 도진의 그림이 더욱 폭력 노선으로 접어든 듯하다.

"난, 정말이지, 루머가, 지긋지긋해."

도진이 치가 떨리는 얼굴로 말했다. 진절머리가 난다는 표정을 앞에 두고 웃으면 실례가 되겠지. 그러나 지우는 곰 인형이 등장한 순간부터 입이 간질간질했다.

앞서 도진을 날름 집어삼키려고 했던 여자 선배의 일화는 좀 질투가 나지만 워낙 철벽 수비가 강해서 웃긴 일로 넘겨 버렸다. 그렇지만 하얀 곰 인형, 그걸 끌어안고 소파에 쪼그려 자는 스물한 살의 도진은.

"뭐야, 송지우. 지금 그 표정 상당히 마음에 안 드는데."

이런, 도진이 눈치채 버렸다. 지우는 실룩이는 입가를 가리려고 얼른 손을 들어 올렸다.

"설마 재미있다고 생각하는 건 아니지?"

"아뇨, 아뇨, 그럴 리가요. 그래, 진한 씨가 잘못했네."

지우는 남편의 편을 들어 주었다. 처음엔 지우의 눈물을 달래려고 시작한 이야기거늘 어느새 상황이 바뀌어 지우가 도진을 토닥이고 있었다.

모든 갈등이 잘 마무리되었다. 악의 축이 버티고 있는 동아리방으로 돌아가는 대신 그냥 캠퍼스 데이트나 하려는 찰나에, 지우가 끝내 참지 못하고 한마디 던졌다.

"다가오는 생일에 인형 하나 사 줄까요?"

장난스럽게 묻는 그녀를 흘겨보면서 도진이 대답했다.

"인형은 됐고 사랑이나 더 줘."

"여기서 더?"

"그래, 더. 아직 많이 필요하니까 아끼지 좀 마. 그리고 처음 보는 시시껄렁한 놈 말 듣고 울지 말고 남편을 믿어."

지우가 생글생글 웃었다. 그녀의 입에서 그러겠다는 대답이 나올 때까지 도진은 손을 잡아 주지 않았다.

결국 오늘도 져 주는 쪽은 지우다. 두 사람이 손을 잡고 걸어가는 뒷모습이 퍽 다정했다.

작가 후기

안녕하세요, 밀밭입니다.

전작 출간으로부터 근 1년의 시간이 지났군요. 그리고 전
네 번째 종이책이자 판타지적 요소가 조금도 섞이지 않은 첫
현대물 '20cm 선인장'을 수줍게 선보이네요. 짝짝짝, 자축
의 손뼉을 치고 있습니다.

안 그런 작품이 있을까마는 이번 '20cm 선인장'은 제게
있어 조금 특별한 책입니다. 이번 책은 출판사 측에서 먼저
제안해 주셨거든요. 키워드는 '19금', '현대물', '중편' 세
가지였지요. 이제껏 글을 먼저 쓴 다음 그것으로 출간 제의

받는 경우가 많았던 저로서는 새로운 도전이었습니다.

게다가 세 가지 키워드 모두 저와 거리가 멀지 않겠어요? (시침 뚝) 저는 순결한 장편 시대물 전문인 걸요. 호호.

하지만 도전 정신을 발휘하여 제안을 감사히 받아들였고, 바로 그날부터 '꼭 들어맞는' 제목과 주인공을 바라는 기도를 하늘에 올리기 시작했습니다.

그 결과, 귀엽고 상냥한 꽃집 아가씨 송지우 양과 까칠하기 이를 데 없지만 알고 보면 우유 한 잔에 넘어간 금사빠(금세 사랑에 빠지는 타입) 권도진 씨가 탄생했지요. 아주 묘한 어감의 '20cm 선인장'이라는 제목과 함께요.

이 책은 십몇 년 전이었다면 다룰 수 없는 '악플'에 대해 얘기하고 있습니다. 도진을 극단적인 상황 직전까지 몰아붙인 주범이자 인터넷 활성화와 함께 나타난 21세기의 나쁜 면이랄까요. 물론 인터넷이 등장하기 전에도 유명인이나 연예인들은 팬레터 속에 섞인 협박장을 받긴 했지만 댓글 문화가 생겨난 이후와 비교하면 새 발의 피일 거예요.

도진은 이런 시대의 흐름을 타고 등장한 스타인 동시에 같은 이유로 고통 받는 웹툰 작가입니다. 파격적인 수위의 성인 웹툰으로 데뷔해 부와 명예를 얻지만 본문에서 나왔듯 가장 높이 빛나는 별은 많은 시기 질투를 겪는 법이죠. 거기다 젊고, 섹시하고, 악플러에 대해 공격적인 반응을 보이니 씹고 뜯고 맛보기 좋은 재료가 됩니다.

도진도 처음엔 가볍게 생각했을 거예요. 모든 사람에게 사랑받을 순 없다, 인터넷에 나쁜 반응이 있다면 검색해 보지 않으면 그만이다. 솔직히 인터넷상 의견이란 게 컴퓨터만 끄면 차단되는 거니까요. 단순히 생각해 보면요.

그러나 현실은 그게 아니었죠. 심지어 인터넷에서 시작된 도진을 향한 공격은 컴퓨터 바깥으로 넘어와 도진의 일상을 망가뜨립니다. 그 때문에 지우와 만나게 되긴 했습니다만, 그로서는 다신 겪고 싶지 않은 악몽일 거예요.

반면 지우는 오랜만에 그려 본 사랑스럽고 따스한 아가씨였습니다. 꿀을 탄 따끈한 우유라니, 저도 참 좋아하는데요(어허). 처음부터 끝까지 도진에게 끌려가는 것 같아 보여도 실은 주도권을 잡고 있는 당사자랍니다. 본인은 잘 모르겠지만요. 음, 모르니까 그렇게 불시에 애교를 부려서 권도진 씨의 마음을 들었다 놨다 하는 거겠죠.

어쨌든 이번 글은 쓰고 나니 왠지 '미녀와 야수 꽃집 ver' 느낌이 나 신기해했답니다. 원작 동화 속에서 마녀는 이렇게 저주하죠. 장미 꽃잎이 다 떨어지기 전에 진정한 사랑을 받지 못하면 평생 야수의 모습으로 살게 될 것이라고.

도진에게 지우를 처음 만난 그날은 마지막 꽃잎이 위태롭게 달려 있던 순간이었을 거예요. 만약 지우가 그를 이상한 사람이라 여기고 도망쳤다면 재기는 불가능했을 거고, 어쩌면 지우가 그를 목격한 마지막 사람이 되었을 수도 있어요.

그러고 보면 도진의 말대로 '딱 한 사람'의 존재가 참 소중한 것 같아요. 가장 괴로울 때 그 사람을 보듬어 줄 딱 하나의 손길이 있다면 많은 이야기의 결말이 달라질 테니까요.

상처를 어루만지는 달달한 이야기인데 어째 후기가 달달보다 상처에 초점을 맞추고 있는 것 같습니다. 조금 곤란한데요. 그러므로 다시 한 번 외칩니다. 이건 밀밭이 작심하고 만든 달콤한 힐링물입니다! 여러분, 야수 권도진 씨를 확인해 주세요!

멋진 제안으로 새로운 도전을 하게 해 주신 봄미디어와 손수화 팀장님께 감사드립니다. 종종 블로그에 찾아와 게으른 작가를 채찍질해 주시는 독자 여러분께도 감사와 사랑을 보내드려요. 비록 권도진 씨는 댓글로 고통 받지만 밀밭은 독자님들의 사랑이 담긴 댓글을 먹고 쑥쑥 자랍니다!

절대 빼놓을 수 없는 나의 NO.1 민정, 그리고 새롬, 만나리, 현정. 이 리스트는 도무지 바뀌지가 않는군요. 자그맣게 말해 봅니다. 우리 우정 영원히.

마지막으로, 사랑하는 가족들에게 언제나 그 자리에 있어 줘서 고맙다고 전하며 후기를 마칩니다.

이 책이 나올 즈음이면 도진이 지우의 꽃집 문을 열고 들어서던 2월이겠네요. 지우가 그랬듯, 저 또한 도움이 필요한 누군가에게 따뜻한 위안이 되는 한 해를 보냈으면 하고 소원합니다. 그리고 여러분 모두 행복하고 건강하시길.

2015년 1월
푸른 양의 해를 맞이하며, 밀밭 드림.